오늘만 사는 여자

숙취로 시작해 만취로 끝나는 극동아시아 싫존주의자의 술땀눈물

# 오늘만
# 사는
# 여자

성영주

HUDDLING BOOKS
허들링북스

# 비범하게 술 먹고,
# 평범하게 일한다

써놓고 보니 부인할 수 없다. 나는 비범하게 평범한 직장인 여자다. 우선 나만큼 술 먹는 직장인은 매우 드물다. 나를 아는 꽤나 많은 남녀노소 직장인들이 이 대목에서 한 톨의 의심 없이 고개를 끄덕일 것을 나는 한 톨도 의심하지 않는다.

나는 내 일을 사랑하는 직장인이라는 점에서 평범하다. 모든 직장인이 워라밸을 추구하고 회사는 퇴사라는 꿈을 이루기 위한 전초기지에 불과하다고 스스로를 자조해도, 나는 그 가운데 직장에서 성취감을 찾아내는 기어코 훌륭한 직장인들이 바로 당신들이라고 생각한다. 그중 하나가 나다. 열정은 개나 줘버리라고, 일은 대충하는 게 능력이라고, 직장은 영혼 빼고 다니는 곳이라고 말하는 당신들 대부분이 실은 일에 영혼 탈탈 털려봤음을, 동료와 선후배에게 상처 받고 힘들었다 힘 받았다 한다는 걸 모르지 않는다. 나도 그런 직장인이니까.

읽는 것도 쓰는 것도 한참이나 모자란 사람이다. 이 두 가지를 많이 사랑해서도 그렇다. 생을 뒤흔드는 이야기는 끝내 써내지 못할 것이다. 오감을 저리게 하는 문장을 쓸 재주도 없을 것이다.

자타공인 애주가 권여선 작가의 술 소설집을 봤으면 접었어야 했다. 웃었다 울었다 눈물 콧물 쏙 빼놓는 김혼비 작가의 '주류' 에세이도 나와버렸다. 그에 비해 특별할 것 없는 술꾼 이야기 하나 더 보태는 게 무슨 소용이 있을까? 그들보다 영 별론데? 의심과 회의는 계속됐다. 그러다 여기까지 와버렸다.

누군가 시인에 대해 이렇게 정의한 바 있다. "제일 먼저 울기 시작해 마지막까지 우는 자." 나는 제일 먼저 마시기 시작해 마지막까지 마시는 자 아니던가! 숙취로 시작해 만취로 끝을 보고야 마는(그 끝이 기억에는 자주 없지만), 각자가 싫어하는 것들을 존중하면서도 참을 수 없는 존재의 무거움을 싫어(?)하기도 하는 나는 헬조선 너머 극동아시아에 서식하는 '싫존주의자' 아니던가!

그렇게 여기까지 와버렸다. 이만하면 비슷하다는 오만이 아니라, 비슷하게라는 건 애초 불가능의 영역이라서 그렇다. 같은 인간이 아닌 이상 같은 글이란 없으니까. 어떤 인간이든 자신만의 이야기를 가지니까. 지금을 경유하는 여자들의 이야기는 넘치도록 넘쳐나도 좋다고 나는 생각한다.

여기, 비범하게 술 먹고 평범하게 일하는 여자의 이야기가 있다. 가끔 펼쳐 피식 웃으면 그걸로 될 것 같다.

# · 차례 ·

## pm 03:20

# 어떻게든, 된다

## pm 06:18

# 신사역 8번 출구

## pm 09:27
# 죽고 싶지만 가라오케는 가고 싶어

## pm 11:59
# 따악 한 잔만 더!

# 겨우 왔다,
# 회사

나는 그것이 크든 작든 성취의 경험을 많이 나눠 가지면 좋겠다. 직장이라는 데는 웬만하면 다 같이 하찮아지는 곳이니, 견디고 버티는 게 답이라는 그 말이 나는 당연해서 싫었다. 안 그래도 실패의 연속인데 그토록 드문 성취가 올 때마다 자랑도 좀 하고, 칭찬도 주고받는 곳이 직장이면 왜 안 되는 걸까.

# 아무튼 출근요정,
# 아무튼 카드노예

"선배, 설마 오늘도 운동 갔다 왔어요?"

어제 실컷 함께 부어라 마셔라 했던 옆자리 후배가 묻는다. (얼핏 보기에) 멀쩡한 얼굴로 제일 먼저 출근해 있는 나를 (징그럽다는 듯) 아래위로 훑어보면서 말이다. 그래, 설마가 보통 사람을 잡지. 나 술 마시고 새벽에 들어가서 운동 갔다 왔다. 왜? 뭐?

그렇다. 알람 소리를 '따르릉'이라고 퉁쳤을때, 정확히

'따르'에 몸을 일으켜 '릉'에 알람을 끄는 아침형 변태가 나다. 이건 자랑이 아니다. 내 의지와는 전혀 상관없는 태생의 문제니까. 지각이란 알람 소리를 못 들어서 벌어지는 우연의 소산이라기보다는 마음먹고 저지르는 자발적 일탈에 가까운, 나 같은 1초 기상형 인간도 나이가 들수록 달라지는 게 있다. 여전히 1초는 1초인데, 이제 '따르'에 '카드~'가, '릉'에 '값!'이라는 환청이 들리는 직장인(이라 쓰고 '카드노예'라 부른다.)이라는 사실. 서른을 넘기면서는 더하다. 몸을 일으키며 '아이고, 머리야' 하며 찡그리는 날이 아주, 매우, 현저히, 많아졌다는 것. 어제 먹은 술이 여전히 머리에 '지끈' 하며 존재감을 뽐내고 있다.

김정은과 트럼프도 두 손 맞잡은 마당에 세상에 화해가 영원히 불가능한 건 없을 줄 알았건만, 여기 있었다. 바로 어제의 술 마신 나와 오늘의 출근할 나. 어제의 술독 성영주는 내일의 숙취 성영주를 결코 만나지 않을 작정으로 "한 병 더!"를 외치는 중이고, 오늘의 숙취 성영주는 어제의 술독 성영주에게 이를 바득바득 갈며 출근하는 중이다. 이것이야말로 영영 만나서는 안 될 원수 사이. 내 속엔 내가 너무도 많아 한둘은 죽어주면 좋겠는데, 죽도록 안 죽는 시추에이션. 아무튼 눈 떴으니 한다, 출근.

사무실로 출근 도장을 찍기 전 들르는 곳은 언제나 회사 바로 옆 편의점이다. 누구에게나 "어서 오세요~" 반갑게 외치는 편의점 종업원은 내게 유독 하이톤이다. 영락없이 알콜기가 잔뜩 묻은 얼굴로 등장하는 숙취녀는 '또 탄산수 세 병…?' 하는 그의 예상을 매번 충족시킨다. 오늘도 정답! 하필 소주병 색깔과 똑같은 그 초록색 탄산수 세 병을 가방에 잔뜩 끼워 넣고 숙취녀는 한다, 출근.

"헉, 선배 술 냄새 너무 나요."

서른 중반을 넘기면서 또 하나 맞닥뜨린 신체적 배신

은 바로 아저씨 같은 술 냄새다. 이십 대, 밤새 술을 먹고 남의 학교 잔디밭에서 깨어나 아침 해장술을 먹으러 가던 '술쓰레기' 시절에도 상쾌한(?) 잔디 냄새가 났던 나다. (잔디에서 잤으니까, 이 쓰레기야.) 그로부터 어언 15년이 지난 지금은? 멀쩡히 침대에서 자고 일어났는데! 샤워를 그렇게 구석구석 했는데도! 탄산수로 입을 그렇게 헹궜건만! 온몸에서 풍기는 술 냄새를 숨길 방도는 없다. 아빠한테서 맡았던 바로 그 냄새, 어린 시절 코를 움켜쥐며 도망갔던 바로 그 냄새. 그게 정확히 서른 중후반의 여자에게서 난다. 맞다. 옆자리 선후배의 상쾌할 수 있었던 아침의 팔 할은 내가 망쳤다. 이쯤 되면 자연스럽게 한 가지 의문이 들 거다. 저런 구제불능 숙취형 인간이 지금까지 큰 병치레 없이, 정학, 퇴학, 제적, 퇴사, 권고사직 등등 없이 멀쩡하게 회사를 다닌다고?

의외의 한 가지가 아침 시간을 지배한 덕분이다. 바로 운동이다. 시작은 사회생활 2년 차 즈음, 그러니까 10년 전으로 거슬러 올라간다. 당시만 해도 나는 일주일 음주

횟수 10회를 자랑했다. 주 7회에 낮술 3회를 더하면 이 숫자가 가능해진다. (그렇다. 이때도 나는 술쓰레기였다.) 거기에다 한 달 일주일은 밤샘 마감을 하던 잡지기자로 꼬박 2년을 살았다. 일로 밤을 새고, 일로 밤을 안 새면 술로 밤을 새는, 낮밤 구분 없이 밤새 마시다 완전 새 된 사연. 이쯤 되면 그 어떤 국대급 체력이라도 몸이 버텨내지 못한다. 나도 좀 살아야 했다. 그래서 결심한 것이 운동이다.

저녁 운동은 애초부터 불가능했다. 술을 마셔야 하니까. 그렇다면 내가 운동을 위해 쓸 수 있는 시간은 출근 전 새벽뿐이다. 이 핑계 저 변명 안 대겠다. 나는 딱 술 마시기 위해 운동을 시작했다. 비가 오나 눈이 오나, 얼어 죽겠거나 쪄 죽겠거나 운동하러 갔다. 술 마신 다음 날도 웬만하면 갔다. 개중 아침 운동에 실패하는 경우는 딱 하나다. 아침 혈중 알콜 농도가 지난밤의 농도와 거의 일치하는 날. 그러니까 아침에도 최소 '면허 취소'는 족히 나올 법한 '초과음상태'일 때만 빠진다. 술꾼들은 알겠지만 이 정도면 그 어떤 약보다 잠이 보약이다. 이렇게 일주일 최소 3~4일은 새벽 운동하고 출근하는 헬스형 변태가 탄생한다.

아마도 평생 크게 명예 얻을 일은 없을 게 분명한데, 그런 내게도 단 하나 '명예의 전당'이 주어진다면 바로 '아무튼 출근' 부문일 거다. 여러분, 제가 그렇게 술을 처먹으면서도 직장에서 안 쫓겨난 비결은 바로 이 출근력 덕분이었답니다?! 수상 소감까지 준비돼 있다.

숙취와 운동, 그리고 출근. 따로 놀수록 좋을 세 가지가 강력히 연결된 나의 아침이 또 밝았다. 오늘도 숙취 요정은 출근이라는 고행을 감행한다. 생은 고라고 했다. (못 먹어도 'go'라는 점에서도 '고'다.) 세상사 쉬운 게 어디 있겠나. 태생이 올빼미형 인간인데 아침 출근이 기꺼울 리 만무하다. 아침형 인간도 아침에 놀러가는 게 쉽지 출근하는 게 좋을 리 없다. 고로 숙취라는 강력한 제재가 있든 없든 더 자고 싶음과 계속 놀고 싶음, 그냥 가기 싫음 등등 인간의 인간적 욕망을 거스르고 최소 주 5회 출근 중인 모든 이들의 아침은 신성하다. 우리의 오늘은 이미 그 자체로 성취다. 모든 출근러들에게 작은 하트를 날리며, 못 먹어도 고!

# 사실 아직 안 괜찮고,
# 딱 죽겠으니까

    요즘 칼럼계의 아이돌을 담당하고 계신 한 교수가 그
랬다. "아침에는 죽음을 생각하는 것이 좋다." 숙취와 업
무 그 사이 어디 즈음. 나는 업무 쪽으로 나아갈 에너지
가 한참 모자란 상태다. 누군가 위로와 연대의 말로 건
넸던 그 말. 괜찮지 않아도 괜찮다…! 그래, 일단 나는 지
금 괜찮지 않다. 출근요정의 출근력이 이후 업무력까지
보장하지는 않는다는 사실, 아니 진실. 근데 나의 숙취로
인한 괜찮지 않음까지 괜찮아 해줄 사람은 우리 엄마 말
고는 없다는 것도 안다. (엄마도 등짝을 때릴 것 같지만.)

이럴 때는 혼자만의 시간이 좀 필요한 법이다. 물론 남들에게는 꽤 괜찮아 보여야 한다는 미션이 있다. (변명 같겠지만 핑계다.) 이런 상황을 주 3회 이상 직면하는 나는 그런 아침마다 칼럼계의 아이돌인 저 교수님의 말을 떠올리곤 한다. 훌륭한 말씀은 따르라고 있는 것. 업무 시작에 앞서 굳이 죽음을 생각해보기로 한다.

'아무튼 출근요정 아니, 카드노예'는 호기롭게 컴퓨터를 켜고 사색에 잠기기 시작한다. (부팅은 왜 이렇게 점점 빨라지는 걸까?) 미간을 살짝 찌푸린 채 뭔가에 골똘한 얼굴로 모니터를 응시한다. 죽음을 생각하면서 배시시 웃을 수야 없으니까. 남들이 볼 때 업무에 몰두한 것으로 충분히 착각할 만하다는 점에서도 유용하다.

죽음을 생각하다 보면 종종 나의 꿈으로 연결된다. 나이가 어리건 지긋하건 인터뷰이에게도 꿈이 뭐냐고 자주 묻곤 했다. 어린 시절에는 하루에도 몇 번씩 참 많이도 들었던 그 질문. "제 꿈은 대통령이에요." "장래희망은 과학자죠." 뭐든 꿈꿀 수 있었기에 뭐든 답할 수 있었다. 그런데 나이가 들수록 꿈을 생각하는 일이 적어지다 못해 사라진다. 누가 내게 물어주지 않으니 답할 수 없고, 답할 게 없으니 꿈도 사라져간다. 나는 누군가에게 자주 꿈을 묻는 사람이 되기로 했다. 나에게도 역시 그러기로 했다. 한 배우를 인터뷰했을 때 들은 답변이 오래도록 기억에 남아 있다. "작은 시골집 평상에 앉아 해가 뜨고 솟아오르고 다시 지는 걸 바라보며 사는 게 꿈"이라고. 기가 막히게 멋진 장면이라고 생각한다.

내 꿈은 객사다. 어느 여자인 배우의 기가 막힌 꿈 장면을 펼쳐놓다가 갑자기 객사로 튀느냐고? 왜 하필? 이렇게나 극단적인 불상사를 꿈으로 꿀 일이냐고? 안다. 술 먹는 사람으로서 가장 피하고 싶고 경계해야 할 일 중 하나가 바로 객사일 거다. 차에서 내려 신발을 고이 벗어둔 채 집 앞 주차장에서 잠을 청했다는 사람. 분명 술 좀 깨려고 잠깐 앉았던 벤치인데 비둘기 후두둑 날아온 아침에 눈을 떴다는 사람. 딱 '객사각'인 사연들도 차고 넘친다. 술 취한 다음 날 신체 곳곳에서 없던 멍이나 상처를 발견한 적도 한 번씩은 있을 거다. (없다면 당신은 술꾼이 아닌 걸로.) 어디 부딪혔거나 살짝 긁혔을 상처, 그런데 아픔의 기억은 삭제돼 있다. 술에 취하면 기억이든 고통이든 잘 사라지는데 이게 극한까지 가면 객사인 거다. 나는 이 나라의 술꾼으로서 감히 객사를 꿈꾼다. 고통 없이 아픔도 없이 좋아하는 술 실컷 먹다가 가는 것. 마치 필름 끊기듯 뚝, 그렇게.

이런 말을 꿈이랍시고 하고 있는 내게 "하다하다 네가 돌았구나." "너는 가족도 없냐." "남은 사람은 어쩌라고 그렇게 무시무시한 소리를 하냐." 등등 질타가 쏟아진다. 역시 아침마다 컴퓨터 앞에 앉아 죽음 생각은 1도 안 하고 바로 업무부터 시작해 버릇들 해서 그런 것 같다.

삼십 대 후반 줄에 아이돌 덕질에 열을 올리고 있는 친구가 있다. 그는 지난 가을 역대급 강력한 태풍이 몰려오는 한 중간에 글자 그대로 '목숨을 걸고' 그들의 콘서트…도 아니고 콘서트 영상을 틀어주는 극장에 갔더랬다. "너 그러다 진짜 골로 간다."라며 걱정하던 내게 친구는 이렇게 답했다. "덕질하다 죽는 거, 꽤 괜찮은 일 아니냐? 내가 가장 행복한 순간에 죽는 거잖아." 무릎을 쳤다. 그렇다. 가장 행복한 순간에 죽음을 맞이하는 것. 이게 바로 호상이요, 진정 꿈꿀 만한 일 아니겠는가.

그러니까 다시 한 번 내 꿈은 객사다. 나는 죽음이야말로 오롯이 개인의 선택이자 경험이 돼야 한다고 생각하는 쪽이다. 안 그래도 삶은 온통 관계들로 촘촘하다 못해 빡빡하니까. 나 혼자 선택할 수 있는 일은 고작 다음 끼니의 메뉴 정도니까. (그조차도 얼마나 많은 침해를 받아왔던가!) 나 혼자 일할 수 없고, 나 혼자 잘 먹고 잘 산다고 다 되는 일이 아닐뿐더러 하물며 나 혼자 생식도 못한다. 어디서 정자라도 기증받아야 하지. 그 가운데 욕먹지 않도록, 피해 안 끼치게, 남들에게 오해 사지 않도록 수많은 걸 헤아리고 배려하며 산다. 그렇게 조심하는데도 욕먹을 만큼 먹고, 피해줄 만큼 주면서 대다수가 훌륭함과는 다소 거리를 둔 채 늙어간다. 이 모든 게 맺어지는 죽음에 이르러서까지 다른 사람의 심경이나 상황을 헤아리며 죽고 싶지는 않다.

물론 이 꿈을 위해서는 나름의 철저한 준비가 필요하다. 나 대신 청산해야 할 빚이나 숨겨둔 자식 같은 건 만들지 말아야 할 거다. 나 때문에 누군가 물리적 피해를 볼 일이 없는 상태를 유지해야 할 거다. 대한민국 평범한 흙수저 직장인으로서 분쟁 일어날 만큼의 큰 재산 남길 리 만무하지만, 얼마 안 될 게 분명한 재산이라도 갈 곳은 미리 정해놓는 게 좋겠다. (이를테면 알콜중독자협회에 기금으로 보내달라든가.)

이 정도 주변 정리가 된 상태로 나는 언제든 온전히 홀로 죽고 싶다. 나의 죽음만큼은 나만의 경험이 되었으면 좋겠다. 나도 모르는 사이 어느 골목 어귀에서 홀연히. 그 옛날 "어느 조용한 황혼에 길가의 주막에 쓰러져 있는 집시가 있거든 나라고 알아줘."라고 읊조리며 실제로 홀연히 사라져버린 작가 전혜린처럼.

"영주야, 김땡땡 섭외 어떻게 됐니?" 한마디 비수처럼 날아와 꽂힌다. "아, 네, 매니저가 전화를 안 받네요. 원래 매니저들 오전 업무 안 하는 거 아시잖아요. 오후에 확인하고 바로 말씀드릴게요~"

갑자기 업무가 툭 치고 들어올 때, 핑계도 툭 하고 자판기 음료 뽑듯 나올 준비가 되어 있는 나는 11년 차 직장인이다. 벌써 오전 열 시가 넘어간다. 이제 닥치고 업무를 시작해야 할 때라는 걸 깨닫기에도 아침에 죽음을 생각하는 일은 유용하다. 아침마다 죽음을 생각하다 보면 아침에 죽음을 생각하는 게 참 좋은데, 너무 오래 생각하다 직장 생활 좆 나는 수가 있다는 것도 잘 알게 된다. 숙취와 업무, 그 사이 어디쯤에서 나는 객사를 생각한다. 사실 아직 안 괜찮고, 딱 죽겠으니까.

# 오늘도 그렇게
# 하찮아지는 중이다

"아, 저희가 스케줄이 꽉 차서요."

또 까였다. 기나긴 섭외 리스트에서 또 한 번 두 줄이 박박 그어진다. 인터뷰이를 섭외하는 건 팔 할이 '까임' 이다. '어떤 유명 매체는 인터뷰하겠다고 줄을 선다는 데…'라는 건 대개 뻥에 가깝다. 하겠다고 줄 선 인터뷰 이는 내가 싫고, 줄 밖 저 멀리 유아독존 중인 스타는 본 인 빼고는 많은 것이 싫은 분이다. 이 짓을 십 년 넘게 반 복 중인데 당최 섭외 거절에는 익숙해지지 않는다. 거절

을 완벽하게 예상하는데도, 안 된다는 그 말 나오기 곧
1초 전까지 기대하는 마음은 고삐 풀린 망아지 마냥 내
달린다. 과정은 대략 이러하다. 인터뷰 제안서를 만든다.
(대다수는 전화 한 통에 이미 단칼 거절이지만.) 간절하고 간
곡하게, 절실하고 절절하게 메일과 문자로, 반응 없다 싶
으면 안부라도 묻는 메일과 문자, 전화통화로 계속해서.
상대로 하여금 충분히 납작해졌다 싶을 만큼 엎드려서
'좋아요' '좋아서 미치겠어요' 날려보는 이 마음. 성공률
은? 열에 하나가 될까 말까다. 매달 거절도 이 정도 겪다
보면 '내가 뭘 위해 이러고 있는가'에서 시작해 '나는 누
구? 여기는 어디?'로 맺어지곤 한다.


　오늘도 나는 그렇게 하찮아지는 중이다. 며칠째 숱한
거절에 어깨가 무릎을 향해 내려앉았다. 의지도 열정도
기운도, 그래서 존재도 바닥에서 한참 기어 다닐 때쯤 문
자가 하나 울렸다. 모 연예기획사 홍보팀의 최땡땡 씨.
어맛? 내가 누구 섭외로 연락했더라? 이상하다? 이번에
이쪽 배우는 섭외한 적 없는 것 같은데…?

"기자님 오랜만에 연락드립니다:) 이것저것 기사를 찾아 읽다가 예전 양익준 감독님 인터뷰 기사 쓰신 걸 봤는데 싱숭해진 맘에 돌을 하나 툭 던지신 것 같은 기분이 들어서요! 좋은 글 잘 읽었습니다^^ 앞으로 저희도 좋은 기회들이 닿아서 성영주 기자님과 인터뷰할 수 있으면 좋겠습니다."

매일이 하찮다가도 문득 이렇게 세상이 '반짝' 할 때가 있다. 어영부영 흘러가다 불현듯 나라는 존재가 '까꿍' 수면 위로 점프할 때. 숙취에서 만취로 가는 술독 인생 와중에 누군가 잡아끌어 술독 위로 건져 올려줄 때. 그러니까 뒷심 제대로 받을 때. 나는 오늘 (달랑) 이 문자 하나로 지금까지의 모든 난관을 보상받은 것 같았다. 웬오바육바냐 타박해도 여전히 자랑할 만한 일이라고 나는 생각한다.

나는 그것이 크든 작든 성취의 경험을 많이 나눠 가지면 좋겠다. 직장이라는 데는 웬만하면 다 같이 하찮아지는 곳이니 견디고 버티는 게 답이라는 그 말이 나는 당연해서 싫었다. 안 그래도 실패의 연속인데 그토록 드문 성취가 올 때마다 자랑도 좀 하고 칭찬도 주고받는 곳이 직장이면 왜 안 되는 걸까. 내 기획안이 채택됐을 때, 누가 봐도 내 공으로 계약을 따냈을 때, 내가 인터뷰어가 됐으면 좋겠다고 단 한 명이라도 말해줬을 때. 웃음 새나갈까 꾹 참다가 퇴근하고 세계맥주 네 캔에 혼자 자축하며 눈물 한 방울 흘리지 좀 말라고, 제발. 같이 마시자, 같이. (내가 먹고 싶어서 그런 건 아니다? 응?)

10년 넘는 직장생활을 돌이켜 봤을 때 '왜 못 했냐' 타박받은 경험은 티끌 모아 태산 몇 개 이루었고, '잘했다'는 칭찬 한마디는 열 손가락을 꼽다가 손가락 몇 개가 남는다. (물론 내가 유독 부족했을 가능성이 높다.) 대개는 꼭 저렇게 티를 내야 하느냐고, 잘난 척한다고 수군댈까봐 가끔 칭찬을 들어도 "아이, 아닙니다." 하고 손사래 치는 '직장형 인간'이 되어간다. 그렇게 또 마이너스의 하루가 지나간다.

생각해보면 "나 때는 말이야~"를 시전하는 선배들에게도 정작 성취의 경험을 들은 적은 드물었다. "나 때는 말이야~"로 시작해 대개는 "이건 고생 축에도 못 끼지." "개고생 더 해봐야지."로 이어졌다. 이왕이면 같이 죽자는 고생 퍼레이드. 해결해줘도 모자랄 판에 말로 짐부터 얹는다. 고생은 당연지사니 너도 지금 빚 보려는 건 욕심이라는 식.

너도 까이고 나도 까이는 이 암울한 직장 안에서, "고생 좀 더 해봐야지?"로 점철된 이 구역에서, 승자는 과연 누굴까? 나는 아닌데, 저 말을 한 선배인가? 그렇게 말하면 부장님의 살림살이는 좀 나아지는 걸까? 왜 우리는 인정받지 못한 채 인정할 수 없는 자로 나이 들어가는 걸까. 칭찬할 수 있는 자리에서 칭찬하지 못하는 자로 늙어가는 걸까.

오늘도 어디선가 들려온다. "라떼는 말이야~" "난 뭐 하루에 열두 번도 더 까였지." "넌 아직도 멀었어." "원래

다 개고생하면서 크는 거다." 아무리 생각해도 이건 아니다. 싹 다 아니다. 선배가 열두 번 까였을 때 후배는 열한 번, 열 번, 아홉 번 까이는 환경이면 나는 좋겠다. 그렇게 한 명이라도 더 나아지면 좋겠다. 나는 나의 개고생은 물론, 그 누구의 개고생도 당연한 것이라고 함께 하찮아지지 않으련다.

어깨 축 처진 후배에게 "열에 한 번쯤은 간절한 그 마음 전달될 때도 있더라."고 토닥이는 쪽이 되려 한다. 섭외에 성공한 후배에게, 좋은 기사를 써온 후배에게 "잘했다.""잘 썼다." 아끼지 않는 칭찬나무가 되겠다. 악착같이 버틴 '독한' 여자가 아니라 진정으로 성취해본 '너그러운' 사람. "너도 당해봐라." 끌어내리기보다는 1퍼센트라도 나아질 수 있다고 손잡아주는 여자이면 좋겠다. 티 안 내고 꾹 참다 보면 언젠가 복이 온다고? 그 복 안 받는다. 우리에게 필요한 건 폭탄 던지기가 아니라 성취 나누기다. 같이 소주 한 잔 뜨끈하게 꺾으면서. 아, 지금 말고 좀 이따 밤에.

# 회의를 위한 회의에 의한
# 회의에 대한 '회의'

"뭐라고요? 지금 무슨 말 하는지 잘 모르겠는데요?"

직감했다. 나도 지금 내가 무슨 말을 하고 있는지 모르겠다. 오늘만 잡혀 있는 회의가 오전에 2개, 오후에 2개다. 오늘이 유독하다고 해도 근무일 5일로 치면 평균 10개의 회의를 소화하는 중이다. (그래서 내가 주 10회 음주로 단죄됐나보다?) 회의의 참석자이자 주최자, 둘 다의 포지션을 취하다 보니 그렇게 됐다. 나이가 들고 회사에서 중간관리자가 되고 보니 느끼는 것은 회의요, 그만큼 회의에 대한 '회의'도 늘어간다. 이 세상 회의에는 딱 두 가지가 있다. 긴 회의와 짧은 회의. 대부분이 공감하듯 회의의 팔 할이 전자라는 점에서 '회의'라 쓰고 '회피'라고 읽게 된다.

나는 전적으로 짧은 회의를 좋아한다. 브레인스토밍은 각자 알아서 할 일이고 회의는 각자 고민한 결과물들을 가지고 와 결정을 내는 자리다. 그러면 개개인의 아이디어를 이제 와서 다시 캐묻고 따질 게 아니라, 왈가왈부 평가하며 깰 게 아니라, 주최자가 기다 아니다 결정을 내려주고, 아니면 그게 어떤 식으로 보강돼야 할지 방향을 재설정하면 될 일이다.

그러나 대부분의 회의는 그렇게 흘러가지 않는다는 걸 우리는 너무 잘 알고 있다. 이런 사람 꼭 있다. 남이 말할 때 꼭 한마디씩 논평하는 샘…사람. 기획안 발표하는 후배에게 "그거 내가 예전에 이미 낸 기획인데." 초부터 치는 선배. (너 그거 낼 때 나 없었고, 너 그거 냈으면 왜 지금까지 아무 성과 없었냐고 묻고 싶다.) 막무가내로 "이게 기획이야? 이게 기획이냐고?" 화부터 내는 상사. (다음 사람 발표 어떻게 하라고?) 회의 안건 다 했는데, 막판에 엉뚱한 안건 꺼내면서 "어떻게 생각해? 응?? 응??" 갑자기 부드럽게 캐묻는 상사. 팀원들 하는 수 없이 한마디씩 보탰더니 그걸로 대표 회의 들어가서 자기 아이디어인 마냥 우려먹는 분. (물론 '이건 우리 팀원 누구누구의 아이디어인데'라는 설명도 일찌감치 말아 드셨고.)

이 외에도 많은 기발한 유형의 대활약 덕분에 회의는 대개 길어지고. 많은 이들이 이내 불행해진다. 엉덩이에 좀병이 도졌다 사그라들었다 다시 도질 때쯤에야 끝나는 회의. (실제로 나는 회의 때 엉덩이를 자주 들썩인다.) 회의 때 제일 부러운 유형은 이런 사람이다. 툭 치면 툭 하고 나오는 아이디어 자판기 같은 사람. 무슨 질문을 던졌을 때 어떤 대답이든 꼭 해내는 사람.

나는 안타깝게도 그런 쪽은 대개 아니다. 흠… 머릿속

에 오가는 생각을 정리해야 하고 이게 과연 논리적인지, 이 자리에서 타당한 말인지 고민할 시간이 필요한 쪽. 그러나 모두가 자신의 시간을 반납하고 모인 자리에서 그런 개인 시간은 주어지지 않는 법이다. 저어기 높은 분들 회의에서는 더 그렇다. "이에 대해 성영주 씨 의견은 어떤가?" 질문 날아오면 헛소리든 개소리든 해야 하는데, 그게 진짜 개소리일 시에는 그 자리에서 개 되기 십상이니까. 멍멍. 그러다 나도 내가 무슨 소리를 하는 건지 알수 없는 말을 쏟아내고 있는 나를 발견할 때가 있는 것이다. 다시 멍멍.

고민할 시간도 필요하다면서 긴 회의는 싫어한다? 이자기모순을 극복할 방법을 최대한 실험 중이다. 우선 모두가 시간을 반납하고 모여야 하는 물리적 회의를 최소한으로. 요즘 까톡이니 사내 메신저니 몸 안 모여도 머리 모을 방법 천진데, 회의 좀 그렇게 간단하게 하면 왜안 될까 싶다. 시도 때도 없이 울려대는 것 말고, 딱 모아 11시 요이땅! 20분 하고 끝! 높으신 분들 얼굴 맞대지 않으니 자기검열 할 시간 줄고, 그 사이 좋은 아이디어 나올 가능성이 더 많을 수 있다. 안 나오면 어떤가. 시간 낭비는 덜했다.

내가 주최하는 회의에서는 결론을 빨리 내려는 편이다. 기획안 중에서 안 될 건 괜히 붙잡고 돌려 까지 말고 명확하게 안 되는 걸로 정리한다. 될 것은 "좋다, 하자." 빨리 넘어간다. 이때 가장 중요하게 여기는 건 안 되는 게 왜 안 되는지 명확하게 이유를 설명해주는 거다. 이유 없이 다짜고짜인 게 그렇게 싫었으니까. "야, 이걸 아이디어라고 내 왔냐?" "생각이 있어? 없어?" 여기서 옵션은 두 손으로 기획안 마구 흔들기. 나아가 날리기까지 시전하시면 막장 완성.

그런 장면을 볼 때마다 생각했다. 내 기획 구린 거 아니까 왜 구린지 이유를 말해달라고. 욕은 먹을 수 있으니까 다음에 또 안 그러게 설명해달라고. 그러나 설명은 자주 없었다. 둘 다 기분은 나쁜데 해결된 건 없는, 역시 승자는 없고 모두가 지는 회의. 그래서 다짐했다. 막무가내로 까지 말자. 각자 낸 이유가 있을 테니 끝까지 듣고, 안되는 이유는 설명하자. 최대한 나이스하게. 그리고 내 경험이 유용한 선에서 갈 곳 잃지 않도록 방향을 제안해주자. 이 때문에 회의의 주최자일 때 나는 훨씬 더 긴장하는 편이다. (아, 내가 높으신 분들 앞에서 '멍멍' 댔던 건 긴장 안 했다는 말이 아니라 엉덩이가 아파서였다. 그뿐이다.)

나이 들고 선배가 되면서 점점 더 고민하게 된다. '뭘 어떻게 더할 것인가' '어떻게 해야 더 잘할 수 있을까'를 고민하는 게 아니다. 그보다 중요한 건 하지 말아야 할 것을 하지 않는 게 아닐까. 지금도 회의에 까톡 대화방에 마구 호출된다. 몇 개인지 가늠할 수 없는 까톡 단체창은 오늘도 생겼다 사라질 줄 모른다.

위에서 구구절절 옳은 말이랍시고 늘어놨지만 나 또한 자주 실패할 거다. 하지 말아야 할 것을 꽤나 많이 저질러왔을 것이다. 앞으로도 얼마나 더할지 모른다. 다만 여기다 이렇게 나불댔으니 창피해서라도 긴장 좀 하고 준비 좀 하자. 점점 하지 않는 걸 안 할 수 있는 게 멋진 거라니까? 몇 번째 회의냐고, 지금? 응?

# 일은 곧 밥, 아니 술이니까

책임이 무거워질수록 살짝살짝 피해가는 쪽이 꾸역꾸역 이고지고 가는 것보다 분명 쉬울 거다. 아니 덜 어려울 거다. 나도 분명 꽤나 회피했고, 종종 쉬웠다. 그렇게 많이 부끄러웠을 거다. 회피가 잠깐은 쉬울지 몰라도 계속 부끄러운 일이라는 걸 되새기는 하루다. 나만 많이 부끄러운 게 모두가 조금은 덜 부끄러운 일이 아닐까, 곱씹는 오늘이다.

# 머리가
# 돌아가지 않는 날

매일을 열심히, 뭔가를 해내고 있다고 느낀 날도 있었던 것 같다. 열심히 공부하고 부지런히 준비해서 꾸준히 배우던 때. 몰아친 업무들을 공장에서 찍어내듯 처리하고 있자니 이런저런 생각들이 쳐들어온다. 갑작스레 쳐들어온 생각의 시점은 대부분이 과거다. 지금과 비교해 늘 괜찮았다고 해석되는 어떤 때로 달음질치는 것이다. 머리가 더 이상 돌아가지 않는다는 방증이다. 오전 업무는 끝낼 때가 됐다는 말이다. 지금은 어떤 아이디어도 낼 수가 없다.

오늘은 혼자 있고 싶었다. 비로소 혼자일 수 있지만 굳이 혼자인 걸 들키고 싶지는 않은, 직장 내 점심시간. 나는 이 시간을 누구 눈치 안 보고 혼자 보내는 걸 좋아한다. 11년 차 직장인인 내게 여전히 더 두려운 것은 직장 내 왕따보다 오히려 오롯이 혼자일 수 '없다'는 점이다. 팀이 있고 점심 미팅이 있고 여튼 단체생활이라니까. 혼자 밥을 먹는다는 게 혹은 혼자만 먹지 않는다는 게, 누군가에게 양해를 구하거나 설명해야 하는 상황이 된다는 건 아무래도 꽤 불편한 일이니까. 직장 근처로 혼자 밥을 먹으러 가면 누군가는 꼭 마주칠 텐데, 적당한 이유를 대기도 그저 웃어주기도 오늘은 다 불편하다. 회사에서 멀리 떨어진 곳으로 무작정 걷는다.

나는 직장에서 여태껏 뭘 배웠을까. 오늘 같은 날, 안 그래도 재미없는 업무가 한 개도 아니고, 4-4-2 포메이션으로 밀려들어올 때, 가동이 점점 쉽지 않은 뇌가 팽팽 돌아가줄 리 만무한 날이면 생각은 이렇게 튀어나간다. 매달 다른 사람을 만나고, 다른 글을 쓰고, 그때그때의 뜨거운 이슈들에 대해 논평하고, 트렌드를 분석했다. 이 일에 루틴이라는 건 없다. 절차는 매번 바뀐다. 변하지 않는 게 하나 있다면 그 어떤 사건사고와 천재지변이 일어나도 한 달에 한 권, 잡지는 기어코 나와야 한다는 것. 무조건적인 처음과 끝이 있다는 것. 아니, 어떻게든 끝을 봐야만 끝나는 일. 그게 징그러우면서도 또 징그럽게도 거기에서 성취감을 느꼈다.

이번 달에 문소리 배우를 만났다면 다음 달에는 박정민 배우를 만날 예정이다. 여기서는 아이돌 블랙핑크를 인터뷰했고, 저기서는 은희경 작가와 대화를 나눴다. 한 달에 대여섯 명, 많게는 열 명 이상까지도 인터뷰를 해야한다. 이 사람의 어법과 저 사람의 사고방식은 모두 제각각이고 매체의 성격 또한 다 다르다. 어떤 사람에게 어떤 질문들로 무슨 이야기를 끄집어내야 할지, 사람마다 매체마다 늘 새로운 접근이 필요했다. 그러다 이런 질문이 남았다. 이렇게 몰아치는 새로움들 와중에서 과연 나는 얼마나 새로워졌을까.

많은 걸 배웠을 거다. 인터뷰 질문을 구성하는 법, 좋은 답을 끌어내는 자세, 좀 더 효율적으로 취재하는 방식을 알아갔을 것이다. 사안을 바라보고 트렌드를 짚어내는 눈이 어느 정도는 정교해졌을 것이다. 그렇다면 다시, 나는 진짜로 뭘 배웠을까. 업무 능력을 포함해 인간적으로 나는 얼마나 성장한 것일까. 안 다뤄본 주제가 없을 정도로 많은 걸 취재하고 써왔건만 과연 제대로 안다고 말할 수 있는 게 단 한 가지라도 있긴 한 걸까? 내 안에 아무것도 남아 있지 않다고 느낄 때가 있다. 통장으로 들어왔던 월급이 냄새도 맡기 전에 쓱 빠져나가듯 그간 해온 숱한 일들이 날 스쳐 지나가버린 듯 허망한 날. 꼭 오늘 같은 날.

그렇다면 이런 오늘은 11년 동안 처음으로 찾아온 오늘일까. 천만에. 어떤 날에는 하루에도 열두 번을, 한 달에 수십 번씩 내 뇌와 심장을 두드리며 방문한다. 똑똑, 거기 '허무' 계세요? '공허'도 계시죠? 똑똑. 그런데도 아직 여기서 그러고 있느냐고? 아직도 그러고 있다. 이건 직장생활 11년 차의 노하우도 아니요, 퇴사 실패 11년 차의 실패담도 아니다. 나는 이렇게 복잡하게 허무한 날들을 늘 비슷한 질문으로 빠져나왔던 것 같다. '나는 여전히 이 일이 좋은가?'

답하는 데 걸리는 시간은 매번 달랐다. 1초 만에 확신부터 몇 달여의 고심까지. 지금까지 답은 한결같다. 나는 여전히, 아직도, 이 일이 좋다. 지난달보다 퇴보하기 일쑤였고 어떤 주제든, 그게 짧든 길든 텅 빈 워드파일을 채워가는 것은 매번이 고통이었다. 잘못 쓴 기사 때문에 인터뷰이 계신 방향으로 석고대죄 하는 심정으로 사과한 적도 있고, 엉망인 기획에 허접한 기사로 지면을 채운 적도 있다. 그렇게 이름 석 자 도려내고 싶은 기사들이 지금도 온라인에서 버젓이 뒹굴고 있을 거다. 그럼에도 불구하고 여전히 이 일을 좋아한다 말할 수가 있느냐고? 염치도 없이?

그렇다. 그럼에도 불구하고 나는 이 일을 좋아한다. 처음 이 일을 시작했을 때만큼이나 이 일이 좋다. 모르는 사람을 만나는 건 너무나 큰 에너지가 드는 일이다. 인터뷰가 있는 날 아침이면 매번 아프고 싶을 정도로 그렇다. 그 와중에 여전히 생판 모르는 이에게 만나자고 청할 수 있는 직업이라는 게 좋다. 빈 문서를 글로 채우는 건 지극한 고통이지만 궁극의 희열을 주는 행위이기도 하다. 배운 게 있을라치면 또 새로운 좌절을 맞닥뜨리는 이 일이 아직 나는 좋다.

신입의 '패기'는 진정 신입에게만 허락되는 단어일까? 한 분야에서 경력을 쌓는다는 것이 그 일의 안 좋은 점을 복잡하게 안 좋아하게 되는 과정이기도 하지만, 반대로 좋은 것은 단순하고 변함없이 좋아한다는 것일 수도 있지 않을까? 다행히 아직 자격 미달이라고 쫓겨난 적은 없다. 혹여 누가 쫓아내더라도 쫓겨날 그때 다시 생각해볼 거다. 그때 질문해도 아직 이 일이 좋다는 답이 나온다면, 나는 또 어떻게든 이 언저리에서 뭔가를 하고 있을 거다.

내가 이 일에 맞는 사람일까? 나 왜 이렇게 돌대가리지? 이 일을 통해 무엇을 배웠고 어떻게 나아졌을까? 의심은 또 언제든 다방면으로 쳐들어올 거다. 그럴 때마다 답은 멀어지고 고뇌는 복잡해질 거다. 잊지 말 것. 질문이 단순한 만큼 고민은 단정해진다. 머리가 너무 안 돌아가고 복잡한 상황이라고 느껴진다면 대개는 질문이 너무 복잡한 것일 뿐이다. 묻자. 단순하게. 이 일, 아직 좋긴 한 거냐고.

아니라고? 자, 기쁘게 퇴사 준비에 돌입해보자. 한편 '너무 좋아'는 안 나오는데 '일단은 좋아' '아직 좋아'까지 답할 수 있다면? 그래, '일단' '아직'은 괜찮은 거다. 나를 둘러싼 모든 상황이 나를 의심할 때 아주 근본적인 질문을 던져본다. 나는 아직 실패한 게 아니다. 그저 오늘 머리가 좀 많이 안 돌아가는 것뿐이다.

# 우리 동년배들
# 전부 컨펌한다

컨.펌. 확인받는 행위를 일컫는 말.

"이거 확인 받을게요."라고 하는 것보다 "컨펌받을게요." 하면, 어쩐지 행위에 무게가 더 실리는 느낌이다. 뭔가 계속해야 할 것 같은 '컨티뉴'의 '컨'에서 시작해 '펌'으로 확고하게 맺는 그 말, 컨펌. 어쩌면 계속되는 확신이 필요한 일. 나는 내가 평생 컨펌이란 걸 하게 될 줄은 몰랐다. 나에게는 컨펌 다음에 '받다'가 붙는 것이었지, '하다'가 붙는 일은 아니었다.

결론부터 말하자면 이거 별로다. 내 기사를 열 개 쓰고 컨펌 '받는' 것과 내 기사 한 개 쓰고 남의 기사 아홉 개 컨펌 '하는' 걸 택하라면 나는 전자 쪽에 서겠다. 그냥 주 구장창 골 깨지게 쓰겠다. 그만큼 컨펌 '하기'란 무겁고 무섭다. 원고 작성자들의 각기 다른 개성을 파악하고 그에 맞춰 정확한 피드백을 줘야 하는 일. 엄연히 원작자가 있고 그것을 더 '좋게' 만들, 아니 최소 나쁘게 만들지는 말아야 할 책임이 있는 작업. 너의 창작물에 대한 나의 피드백을 너에게 충분히 이해시킬 책임까지. 나이를 먹고 경력이 쌓인다는 것은 결국 피할 수 없는 책임을 맞닥뜨려야 하는 것이리라.

 "선배, 메일로 기사 보냈어요~"

 왔다, 두둥. 제발 처음부터 끝까지 막힘없이 읽혀라. 비나이다. 판단을 배제한 채 빠르게 한 번 읽는다. 의지와 상관없이 바로 다음 읽기에 돌입. 이번에는 자주 멈춘다. 나도 모르는 사이 동어반복이나 비문, 표현이나 어투, 중제목 등을 재빠르게 바꾸고 있다. 빨간펜 선생님의 등판. 두 번째 원고 상태는 흡사 피 철철, 외상외과 응급 상태다. 다시 세 번째, 빨간펜 선생님의 자기반성 차례다. 수정한 부분을 꼭 고쳐야 했을지, 원래 문장과 고친 문장을 비교하고 또 비교하면서 원고 작성자의 의도를 최대한 해치지 않는 방향으로 돌려놓는다. 피 흘리는 몇몇 문장의 상처가 봉합되는 순간이다. 그렇게 네 번째. 피투성이 원고는 군데군데 적당히 빨간 피를 머금은 정도로 마무리된다.

이제 원작자에게 돌려줄 차례. 답장을 쓴다. "빨간 부분 수정한 건데, 혹시 사실관계 틀린 게 있다거나 문제없는지 확인해줘. 원고 전체적으로 재미있게 읽었고, 중제목을 통일된 플로우로 가는 게 더 잘 읽힐 것 같아서 수정해봤어. 표현 몇몇 수정한 건 혹시 여남, 남녀의 차이를 단정적으로 말하거나 오히려 더 부각시키는 의미로 읽힐 수도 있을 것 같아서 중립적인 어휘로 고쳤고. 문제없는지 확인해보고 올리자. 수고했어~!"

진이 쪽 빠진다. 대부분이 좋은 원고로 내게 도착한다. 다만 첫 번째 독자로서 다음 독자에게 좀 더 '잘' 전달될 수 있는 추가적인 방안이 있다면 그 방안을 생각해낼 의무가 컨펌자에게는 있다. 결국 내 일에서의 컨펌이란 첫 번째 독자가 된다는 것. 나의 컨펌 행위는 독자의 첫 감상에 가까운 작업이다. 그러나 진짜 문제는 지금부터 발생한다. 첫 감상은 말 그대로 '첫'이라는 사실. 저 위에 '최종' 컨펌자가 떡 하니 도사리고 있다는 것.

지금 내 동년배들 대부분은 직장에서 중간관리자, 1차 컨펌자이지만 모든 일이 내 선에서 완전히 마무리될 리는 만무한, 컨펌계의 신생아쯤이 될 것이다. 최종 컨펌자와 애초 작성자 사이에서 고군분투해야 하는, 이쪽저쪽 눈치 살피다 이도 저도 안 되는 상황에 처하곤 하는, 호기로운 컨펌자였다가 바로 코딱지처럼 납작해지고 마는, 코 풀 듯 자주 사라지고 싶은 자리에 내가 있다.

나의 컨펌을 거친 원고가 부장님에게로 갔다. 귀가 쫑

굿해진 채 온몸에 긴장이 흐른다. 아니나 다를까 호통이 떨어진다. "이거 애초에 이렇게 가는 거 아니지 않았어? 땡땡아, 이리 와봐." 물론 여기서 호출된 땡땡이는 내가 아니라 원고 작성자다. 쫑긋해진 귀만큼이나 엉덩이 밑으로는 가시방석이 날을 세운다. 그 와중에 부장의 '최종' 컨펌이 조목조목 날아온다. 지금 후배는 매우 곤란하다. 부장은 나의 컨펌과는 엄연히 다른 방향을 원하고 있다. 자, 여기서 나의 선택은? 회피하는 자와 화살을 받아내려는 자, 둘 중 어느 쪽일까?

"아, 제가 고치라고 했는데요." 먼저 솔직히 고백하는 유형이다. 후배도 부장도 조금씩 멋쩍은데 세상 제일 부끄러운 건 본인일 수밖에 없는 시추에이션. 뭐니 뭐니 해도 당사자가 인지하고 인정하는 것으로 상황은 빠르게 일단락된다. 그러나 원고를 고쳐야 하는 건 또 다시 후배의 몫. "미안하다. 내가 생각이 좀 달랐나보다." 사과도 해야지. 미워도 다시 한 번이랬다. 잘못을 인정하는 선배를 보는 후배, 마음만은 따뜻하길 바란다.

따뜻한 풍경은 물론 자주 일어나지 않아서 따뜻한 법이다. 그렇게 하라고 시킨 선배가 "내가 그렇게 하라고 했다."라며 나서주기까지 하는 경우는 많지 않았다. 눈물 머금고 수술받은 자리의 실밥을 도로 뜯어 원상태로 복구해놓는 건 각자의 몫이었다.

"…"

그러니까 대부분은 말이 없다. 분명 본인의 컨펌이 잘못됐다고 모두가 외치고 있건만, 화살을 기어코 자신에게 돌리는 수고까지는 잘 안 하는 것 같다. 어쩌다 민망한 상황에 처했지만 그냥 좀 넘어가주면 좋을 것 같은데, 그냥을 못 넘어가고 또 딴지를 거는 부장이 거기에 계실 뿐. 내 잘못은 아니라고 빠른 타협 이루신다.

그렇다. 잘못을 안 하는 것보다 잘못을 인정하기가 늘 더 어렵다. 나이가 들수록, 책임이라는 게 더 주어질수록 점점 힘이 든다. 책임이 달랑 내 원고뿐일 때조차 잘못됐다는 지적을 그대로 수긍하기 쉽지 않은데, 남의 걸 컨펌하면서 이걸 다시 컨펌받아야 하는 자리에 위태롭게 앉아 있다. 외로워 죽겠는데, 이쪽저쪽에서 화살도 날아온다. '니 잘못이지?' 피융~ '니 탓이야~' 피융~ 환청처럼 들어와 박힌다.

책임이 무거워질수록 살짝살짝 피해가는 쪽이 꾸역꾸역 이고지고 가는 것보다 분명 쉬울 거다. 아니 덜 어려울 거다. 나도 분명 꽤나 회피했고, 종종 쉬웠다. 그렇게 많이 부끄러웠을 거다. 회피가 잠깐은 쉬울지 몰라도 계속 부끄러운 일이라는 걸 되새기는 하루다. 나만 많이 부끄러운 게 모두가 조금은 덜 부끄러운 일이 아닐까, 곱씹는 오늘이다. 컨펌 신생아는 오늘도 부끄러움과의 싸움에 패배하는 중이다.

# 대출로 불어나는(?)
# 내 재산

숙취로 괴로웠던 오늘 아침을 떠올린다. 천근이 만근으로 무게를 더해가는 머리통을 가까스로 일으켜 가장 먼저 향한 곳은 주방. 목구멍부터 수분이라고는 한 방울도 없이 '바싹' 마른 상태의 식도에 물을 들이붓는다. 콸콸콸. 그러고는 이내 이런 생각들을 했던 것 같다.

나 왜 이러고 살지?
언제까지 이러고 살 작정이지?

고개를 절레절레 저으며 다음으로 향하는 곳은 휴대폰이 있는 곳. 나의 어젯밤 행각에 실망하기에는 아직 이르다. 휴대폰 문자를 확인하는 작업이 남아 있다. 어제 시작해 오늘 새벽까지, 1박 2일로 이어진 술자리 지출 내역이 투명하리만치 고스란하다. 아, 내가 새벽 2시 40분쯤 집에 도착했겠구나. [승인/12,000원/00월00일/02:38] 이 문자 하나로 귀가 시간까지 정확하게 유추가 가능하다. 어떤 추가 질문도 허용하지 않는 완벽한 정보.

'고성'에서 7만 8천 원을 긁었구나. '오라방'에서는 8만 2천 원어치를 먹어 치웠네. 중간에 편의점 2만 2천 원은 또 뭐지? 아, 아이스크림 먹으며 해장하자고 들어갔었구나. 어라? 갑자기 이 기발한 택시비는 또 뭐야? 아, 연남동에 있는 친구 신사로 부르면서 내가 친히 택시비를 결제했구나. 자동결제 이 요망한 것.

이로써 나의 어제 하루 술자리 지출은 이래저래 20만 원을 넘겼다. 새삼스럽지도 않다. 이게 정말 어쩌다가 한 번 있는 일도 아니다. 자타공인 '서민의 술'이라는 소주만 먹는데도 그렇다. 소주 10병이면 4만 원인데, 그 사이에 안주는 뭐 하나만 먹겠나? 그렇다고 2차, 3차를 안 가겠나? 4차, 5차는 뭐 환상 속에만 존재하겠냐고. 현실로 이렇게나 자주 등장하는 것을. 이러니 우리끼리 술만큼은 정말 재벌처럼 먹는다는 자조가 나오는 거다. 뼈아픈 진실은 재벌 손톱의 때조차도 볼 일이 없다는 것. 재벌은 커녕 이렇게 술 마시다 빚더미에나 안 오르면 다행이라는 것.

일단 삼십 년 하고도 육칠팔구를 살아오면서, 통장에 모아놓은 돈이라 할 만한 게 없다. 남들은 남몰래 적금, 청약, 펀드, 주식, 점입가경 잘만 모으고 있던데, 역시 다 남 얘기다. 빼도 박도 못하는 청약만 발톱만큼 넣어놓은 게 전부. 게다가 서울 땅덩이에 전세 한 자리 구한답시고 대출도 껴 있다. 원금은 언감생심, 다달이 이자만 간신히 내고 산다. 그 사이에 전세금도 두 번, 훌쩍 올랐다. 대출 원금은 그대로 남아 있는데, 두 번째 대출의 문마저 열어야 했다. 대출 잔뜩 낀 내 인생, 오늘 날씨 구름도 잔뜩, 통장 보며 내 시름도 가득. 구름이든 시름이든 뭉게뭉게 잔뜩이니, 내가 달리 선택할 게 뭐 있겠나. 술 마시러 가 야지. 가뜩이나 속도 상하는데 상한 속 달래는 데 소주만 한 게 어디 있겠나.

땡땡아, 나 어제 술값을 20만 원이나 썼더라. 왜 이러 고 살까, 나는? 한 차례 친구에게 한탄을 쏟아낸다. 술집 을 나가면서 나는 여지없이 외친다. "내가 계산할게." 말 리는 친구에게 선심 쓰듯 덧붙인다. "그럼 니가 2차 사. 비싼 거 사주면 되잖아." 비싸봤자 소주고, 그 친구 사정 도 크게 나을 것 없다. 그래서 우리는 친구, 이렇게 두 가 난뱅이 술꾼의 2차가 무사히(?) 성사됐습니다.

아니, 전세금을 또 올려 달라잖아. 별 수 있냐. 대출 또 받았지 뭐. 사는 게 왜 이러냐. 대한민국에서, 개중에도 서울에서 언제까지 이렇게 아등바등 살 수 있겠나 싶다. 한숨은 깊어간다. 중간에 합류한 후배가 말한다. "선배,

이번 건 제가 낼게요." "그래? 그럼 간단하게 3차만 하고 헤어지자." 후배에게 얻어먹은 채 끝낼 순 없다며 나는 굳이 3차로 일행을 이끈다.

그래, 대출도 재산이랬다. 이제 내 재산이 두 배로 불어난 거 아니겠나. 오를 대로 오른 취기는 엉뚱한 각성으로 그 효과를 톡톡히 발휘한다. 요즘 세상에 (요즘 세상이 어떤 세상인데?) 서울 한복판에 살면서 ('내 인생의 주인은 나'와 같은 말) 대출 한두 개 없으면 (잊지 말자. 대출 한 개와 두 개는 엄청난 차이다.) 그게 어디 멀쩡한 사람인가? (멀쩡하고 싶다, 정말.)

술자리 주제는 좀 우울했다. 무조건 지르고 보는 술값하며, 텅텅 빈 잔고에다 대출 빚까지, 기상도도 이보다 우중충 할 수 없다. 미래, 노후대비, 계획이나 준비 같은 단어와는 저기 LA다저스 홈구장 꼭대기에서 내려다보는 야구장만큼이나 먼, 삼십 대 직장인 여성의 삶은 이렇게 또 하루 멀어져간다.

근데 어쩌랴. 한 달에 29일은 '0'을 향해 수렴하는 통장으로 10년을 살아온 그 몹쓸 버릇을. 강산이 변한다는 그 사이에 내 통장은 변함없이 '0'의 언저리인 것을. 오늘 이 술 한 잔 안 마신다고, 대출 원금이 '반짝' 하고 갚아지겠나? 안갯속 노후가 갑자기 햇볕 쨍쨍 맑아지겠나? 오늘만 사는 내가, 이토록 빠르게 정신승리 이루는 나를, 안 쓰고 안 입고 악착같이 모아 대출 원금 갚고 노후가 보장된 미래의 나보다 더 사랑하는 것을. 내 가슴속 깊은 곳에서 메아리치는 진심은 이거 딱 하나다. 자, 정신 차리고 대출 이자나 벌러 가자.

# '나인투포'면
# 충분하지 않을까요?

"을지면옥에서 만나자."

오랜만에 옛 선배와 점심 약속이 잡혔다. 선배를 만나러 강남에서 을지로까지 갔다. 일간지에서 기자로 일하다 유학 준비 때문에 잠시 일을 쉬던 선배가 다른 데도 아니고 '평양냉면' 집에서 만나자 했으니 달려가지 않을 방도가 없었다. 자리에 앉자마자 일간지 기자에 대한 선입견에 한 치도 어긋남 없이 선배의 주문이 튀어나왔다. "수육 한 접시, 이슬 한 병 주세요."

그래 낮술 괜찮지. 더구나 안주가 이렇게 좋은데? 수육 한 접시에 소주를 해치운 우리는 당연한 수순으로 냉면 두 그릇, 역시 이슬 한 병을 추가 주문했다. 평양냉면에 소주는 뭐랄까 찰떡궁합에 천생연분, 유유상종에 금란지교, 막역지우, 관포지교… 좋은 궁합에 붙이는 이 세상 좋은 표현을 다 갖다 대더라도 독야청청 빛날 진짜배기 황금 조합이라 할 수 있겠다. 낮에, 을지로 저 유명한 평양냉면 집에서, 이토록 오랜만에, 옛 선배를 만난, 그 감격스러운 시간을 보내는데 진한 초록색 병이 빠져서야 되겠느냐 말이다. 사람, 아니 술꾼이라면 그래서는 안 되는 거다.

이슬 '각일병'은 참으로 깔끔했다. 그런데 안타깝게도 우리에겐 열두 숟가락의 냉면 국물이 남아 있었다. 그렇다. 세 병째 이슬을 시킬 이유가 너무나 충분했다. 선배와 나는 텐션이 가슴께까지 올라온 상태로 냉면집을 나왔다. 평소 권위라고는 1도 없는 선배가 좀처럼 권위 있게 외쳤다. "2차 가자. 광장시장 왔는데 육회 한 접시 먹고 가야지." 권위라고는 1도 못 참는 나지만 '이 럴 때 부리라고 있는 게 선배님의 권위 아니겠어?!' 하 며 모순적일 줄 알았다.

육회 한 접시를 비우는 데에는 이슬 몇 병이 더 필요 했다. 육회집을 나온 시각은 대략 두 시. 해는 바야흐 로 중천에서 빛나고 있었다. 선배가 사뭇 진지하게 물 었다. "너희 회사가 어디쯤에 있지?" 강남이죠, 강남. 신 사 가로수길이요. 선배는 '굳이' 강남 쪽으로 가서 간 단히 입가심이나 하고 가자는 기발한 제안을 했다. 회 사 쪽으로 맹렬히 달리다 멈춘 곳은 그러나 한남오거 리. 강북에서 강남으로 넘어오는 그 마지막 길목에서 우 리는 주춤할 수밖에 없었다. 나의 최애 단골집 중 하나 인 감자탕집이 하필 거기에 있었다. 이미 3차. 안주는 본 의 아니게 세 번 연속 소주를 불렀다. 감자탕을 비우 는 데에는 또 얼마나 많은 소주가 필요했겠나. 선배는 그 곳에서 가방을 잃어버렸고, 나는 그곳을 나서던 기억 을 잃어버렸다.

낮술은 이쯤에서 끝이 났어야 했다. 그러나 안타깝게도 이야기는 남아 있다. 엄벙덤벙 '진짜' 회사 코앞까지 와버렸다. 선배는 왜 감자탕 집에 가방까지 버려놓고는 나를 데려다준답시고 군이 군이 회사 코앞까지 왔던 걸까. 나는 그런 선배를 도저히 그냥 보내드릴 수가 없었다. "선배, 여기 뒤에서 맥주나 한 잔 하고 가시죠." 내게도 권위라는 게 있었다.

이날 퇴근 시간이 다 되어 부장님 앞에 앉아 있던 나를 아주 드문드문 기억한다. "성영주 어디 갔어? 이 자식 하루 종일 어디 있는 거야?" 그날따라 나를 애타게 찾던 상사의 부름에 퇴근 시간까지 부응하지 못했던 나는 결국 동료들의 걱정 가득한 문자와 협박 전화 등등에 의해 부장님 앞으로 소환됐다. 낮술 4차, 정신이 있을 리가 없었다. (지금 생각해도 너무하긴 했다.) 비틀거리는 몸을 바로잡으며, 돌아가는 눈알을 불러 세우며, 흩어져가는 정신을 붙잡으며 간신히 의자에 앉아 있었던 것으로 기억한다.

그런 내게 부장은 (당연하게도) 화가 많이 났던 것 같다. 다른 부서에도 다 들리게 소리를 크게 질렀던 것으로 추측된다. "어디 갔다 이제 오는 거야? 너 정신이 있어, 없어? 낮술을 얼마나 먹은 거야? 지금 밤인 거 알기나 알아? 미쳤어?" 질문이 쏟아졌던 것도 같은데, 나는 단 하나의 대답도 할 수가 없었다. 몸과 눈알과 정신이 마구 흩어지는 와중에 제일 꼬였던 신체 기관은 다름 아닌 혀였으므로. 그 세 치 혀로는 어떤 발음도 완성할 수가 없었으므로.

직장인의 직장인답지 않은 낮술 에피소드는 이후에도 몇 차례 발생했다. 그럼에도 불구하고 나는 여전히 생각한다. 낮술은 아름다운 것이라고. 얼마나 아름다우면 밤이 될 때까지 놓아주지 못하고 부여잡고 있겠느냐고. 낮술은 그런 것이라고. 1차로 끝나면 그저 반주인 것이고, 2차 이상 낮이 끝날 때까지 이어지는 지속성이 있어야 진정 아름다운 낮술이라고.

그렇지만 경고는 해야겠다. 회사 다니면서 낮이 그렇게 아름다울 일은 절대 만들지 말아야 할 거다. 나는 많이 틀렸지만, 당신들은 대체로 맞으셔야 한다. 다만 실수해본 자는 실수하는 자를 포용하는 법. 나는 나처럼 낮술 마신 후배가 있다면, 그 아름다움에 크게 감동하여 다시 사무실 들어올 생각 말고, 이만 퇴근하라고 권위를 부려보고 싶다. 내게 그런 감동을 안겨준 후배는 불행히도 아직 한 명도 없다. 이러니 직장 내 괴롭힘만 있고, 직장 내 아름다움은 찾으려야 찾을 수가 없는 거다. 저기 사람들아, 낮술 먹고 취해서 회사 땡땡이도 좀 치고 그러시게들.

이쯤 되면 제안 하나를 해야겠다. 업무 시간은 '나인 투포'면 충분하지 않을까. 오전 아홉 시부터 오후 네 시까지 늘어지지 않게 바짝 일에 집중하고, 우리 네 시 땡! 하면 서로 좀 놓아주자고! 밤 되기 전 낮술의 아름다움을 두세 시간만이라도 누릴 수 있게, 해 떠 있을 때 이슬을 만날 수 있게 해주자고.

그것이 사람다움이고, 복지가 아니겠는가. 스페인에 시에스타가 있고, 이탈리아에 한 달 유급휴가가 있고, 극동 지역에는 백야가 있으니(윙?), 대한민국 직장인에게는 낮술을 주는 것이 어떠한가. 우리의 밤은 당신의 낮보다 아름다우니, 당신의 낮도 술꾼의 밤만큼 아름다울 수 있다.

덧) 낮술 4차의 날 일화를 하나 덧붙이자면. 나는 여섯 시간 낮술 이후, '새롭게' 밤술을 시작했다. 그렇게 새벽 한 시까지, 내리 열두 시간을 마셨다. 자, 덤비시라.

# 어떻게든,
# 된다

매일이 허들을 넘으려다 넘어지는 날들이다. 반짝 도약했다 내내 움츠리는 날들이다. 우리는 어쩌면 그 잠깐을 위해 줄곧 움츠릴 수 있는 어깨를, 그러면서도 부지런히 움직이는 발을 가진, 그래서 직장인일지도 모르겠다.

# 기똥찰 순 없어도
# 뻔하지 않게

최근 입사 1년 차 막내 기자가 물었다. 몇 달째 적응이 어려워 좌충우돌하던 후배. 어떻게 이 일을 계속 해나갈 수 있을지 잘 모르겠다고 하소연을 해왔다. 매달 매주 새로운 아이템을 내는 게 점점 어렵고 두렵다고. 새로운 건 하나도 없고 늘 자신만 부족한 것 같다고.

나의 그때를 떠올려봤다. 기자들에게는 '아이템 발제' 라는 피하고 싶지만 피할 수 없는 시간이 있다. 일간지든 방송뉴스든 잡지든, 모든 기자의 업무는 아이템 발제부터 시작된다. 나는 그 시간이 그렇게 무서웠다. 사람들이 비웃으면 어떡하지? 재미없다고 전부 다 '킬' 당하면 어떡하지? 어떤 아이템이 좋은 건지, 나에게 재미있는 게 어떻게 모두에게 재미있을 수 있는 건지, 당최 감이 없었으니까.

아무리 길게 고민해도 좀처럼 답은 나오지 않았다. 그래서 쉽게 타협했던 것 같다. 기자는 기사로 보여주면 되지 아이템 좀 못 낸다고 뭐? 왜? 어때서? 결과물만 잘 나오면 되지 기사보다 중요한 게 대체 뭔데? 왜? 어때서? 최대로 긴장하면서도 쉽사리 안일했다. 일이 어디서부터 출발하는지 어떤 과정을 거쳐 기사화가 되는 건지 몰라서 용감했다. 그랬던 내가 어느새 11년 차가 되어 후배의 하소연을 듣고 있다.

이제와 새삼 이 나이에 낭만에 대하여까지는 아니더라도 한 가지는 답해줄 수 있겠다. 기자에게는 기획안 발제가 거의 전부다. 이는 거의 모든 직종에도 대입할 수 있을 거라고 생각한다. 결과물이 별로면 수십 번, 수백 번 고칠 수 있다. 그런데 아이템 준비를 제대로 안 해가면? 시작도 못해보고 깨진다. 재차, 삼차 기획안 만들면서 남들 기사 쓸 때 아직도 궁리만 하는 난감함. 그러는 동안 내 아이템의 채택 횟수는 줄어들었고 그 자리는 남의 아이템들로 줄줄이 채워졌다. 심지어 내 건 죄다 쓸데가 없으니 남이 낸 기획을 나한테 뿌리는 일도 왕왕 생겼다. 자존심이 바닥을 쳤건만 당연한 결과였다. 내 아이템을 나 말고 누가 어필할 수 있겠나. 엄마 불러? 그러니까 청소년도 아니고, 직장인인 내 매력 어필은 나밖에 못하는 거다.

무언가를 기획하는 일은 사람들의 관심을 끌 수 있느냐 없느냐의 싸움이다. 기사를 잘 쓰면 결과적으로 더 많은 독자를 끌 수 있다. 어떤 일이든 아이템 발제는 결국 기획을 가장 처음 접한 이들의 마음을 잡기 위한 분투다. 이 싸움의 가장 강력한 '선빵'이 있으니, 바로 제목. 흥미를 확 끌 만한 재치 있는 제목이어야 한다.

하늘 아래 새로운 것은 없다지만, 같은 주제라도 수백 개의 접근법은 존재한다. 나아가 그걸 어떤 제목으로 표현할지는 거의 무한대다. 제목 하나로도 뻔한 내용이 완전히 신선한 아이템으로 다시 태어날 수 있다는 말이다. 예를 들어보자. '생리통 피하는 법'에 대한 기사가 있다. 아이템 제목을 '생리통 피하는 법'으로 써온 기자가 있다. 반면 똑 같은 내용을 이렇게 써온 기자도 있다.

'아이고, 배야!'

더 이상의 설명은 필요 없다. 심지어 기사가 더럽게 재미없을지라도 용서된다. '아이고, 배야'라면. 많은 이들이 간과하지만, 단 한 명만이라도 이를 실천할 때 제목 짓기의 효과는 단박에 보인다. 나랑 비슷한 아이템 혹은 매달 반복되는 아이템인데 이상하게 쟤 건 훨씬 흥미진진하다? 쟤 발표는 왠지 더 들어보고 싶고 흥미가 생긴다? 그건 팔 할이 제목에서 결정된다. 여기서 구체적인 내용은 크게 중요하지 않다. 자신이 어떤 이야기를 하고 싶은지, 어떤 접근을 하고 싶은지 제목으로 말할 줄 알아야 한다. 소개팅에서 문 열고 걸어 들어오는 것만 봐도 게임 끝 아니던가.

이어지는 건 발표 태도다. '요즘 이런 게 있단다'는 식의 가르치는 태도는 좋지 않다. 자신의 경험을 적절히 덧붙여 설명하는 것이 좋다. "제가 요즘에 빠져 있는 게…"라든지 "요즘 SNS에서 많이 돌고 있는 게 이런 건데요…" 혹은 "제 스무 살 동생이 가르쳐준 건데요…"(스무 살부터 이미 원샷원킬이다.) 등등. 호기심을 살 만한 개인의 이야기를 더하면 집중력은 훨씬 더 높아진다.

제목과 태도로 관심을 끌었다 싶으면 설명은 가능한 짧게 끝내자. 설명하는 와중에 사람들의 반응에 대해서도 눈치를 살펴야 한다. 관심이 크게 없다 싶으면 바로 수정하고 넘어가자. "이건 다른 각도로 다시 생각해서 말씀드릴게요." 적당히 접고 넘어갈 줄도 알아야 한다. 발제가 늘어지는 건 대표님 신년연설만큼이나 나쁘다.

반론에 다시 반박할 수 없을 때는 자신의 입장을 빠르게 선회하는 것도 필요하다. 고집을 세울 일이라면 고집처럼 보이지 않게(?) 논리적으로 반박하고, 긴가민가할 때는 바로 접고 수정하는 태도가 유리하다.

모든 글은 결국 사람의 마음을 얻기 위한 수단이다. 단 몇 줄의 짧은 기획안이라도, 평범한 보고서라 할지라도 뻔한 걸 읽고 싶어 하는 사람은 아무도 없다. 하물며 대대손손 같은 보고서 양식에 채워 넣는 공무원님의 글이라도 그 안에서 자신의 언어로 한 줄 한 줄, 단어 하나하나 고민한다면 이미 읽는 이의 마음을 사로잡는 글이 될 수 있다.

요즘 '적게 일하고, 많이 버세요'라는 말이 유행처럼 돌고 있다. (정말이지 내 꿈, 네 꿈, 우리 모두의 꿈, 전 세계가 맹렬히 나아가야 할 단 하나의 방향 아니던가.) 우리는 얼마든지 '덜 일하고 더 능력 있는' 사람이 될 수 있다. 정말이다. 일을 잘한다는 건 어떤 것이 중요한지 알고 그에 맞춰 시간을 효율적으로 쓰는 것일 테니까.

제목부터 시작하라. 그 제목이 쓰고 보니 한정없이 구리든 나중에 싹 바뀌든 상관없다. 제목이 좋아 채택됐다면 80퍼센트는 성공이다. 첫인상부터 고민한다는 건 이미 일의 중요도를 파악하고 있다는 뜻이니까.

첫 단추를 잘 끼울 줄 아는 자의 결과물이 그러지 않은 자의 것보다 좋을 가능성은 마땅히 더 높아진다. 적게 일하며 능력 있는 자가 될 수 있다. 지금 내 기획안 제목부터 다시 보니? 하아… 나는 아직도 멀은 걸로.

# 나는 나만의
# 숫자가 있다

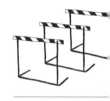

숫자가 주는 힘이라는 게 있다. 최근 회사에서 벌어진(?) '20년 근속' 직원 포상을 보며 든 생각이다. 한 직장에서 20년이라니. 이리저리 떠돌며 10년 차가 됐을 때 나는 '10'이라는 숫자만으로도 질식할 것 같았는데, 무려 20년이라니. 그것도 한 직장에서만 줄곧이라니. 그 사이에 때려치우고 싶은 순간이 얼마나 많았을 것인가. 들이받고 싶은 상사가 왜 없었겠는가. 당최 어떤 마음가짐으로 그 숱한 순간들을 버텨냈을까. 한편으로는 '얼마나 고인 물이기에?' 같은 삐딱한 생각이 들지 않은 것도 아니다. 대체 밀레니얼 시대에 한 직장 20년이 가당키나 한 거냐고. 이게 말이 되는 일이냐고!

오만 추측과 예상들이 오갔다. 그 가운데 문득 공감했다. 그래, 저 사람도 어쩌다 보니 훌쩍 20년이 되어 있지 않았을까. 1년, 2년, 3년… 아니, 하루하루 여차저차 보내다 보니 거짓말 같이 '20년 근속, 꽝꽝!' 정신 차리고 보니 '포상?!' 이런 플로우 아니었겠느냐고. 돌이켜 보면 굽이굽이 '흘러온 시간'이지만, 실은 자신도 갑작스레 '맞닥뜨린 숫자'가 아니었을까.

직장생활이란 그런 것 같다. 남의 일이라 쉽게 평가할 수 있는 자리. 짧은 기간에 이직이 많으면 적응에 문제가 있다고, 이직 없이 쭉 한 곳에 오래 있으면 능력이 없다고 떠들며 각자의 기준에서 하자를 찾아낸다. 그러나 1년 못 채워 이직이든 3년 후 퇴사든 혹은 10년, 20년 근속이든 숫자로 설명되는 당연함이나 마땅함은 없을 것 같다. 여기저기 널을 뛰든 한곳에서 주구장창이든, 전자보다 후자가 딱히 나을 것도 또 딱히 부끄러울 것도 없다. 그저 각자의 숫자가, 그 안에 각자의 필요와 충분이 있을 뿐.

회사에서 갑작스레 버거운 일을 맡았다. 우연히도 딱 10년 차에 접어들었을 때. 지면 기자에서 디지털 기자로의 전환. 매달 한 권의 잡지에 글을 쓰던 업무가 영상 제작으로, 하루하루의 채널 편성과 분석, 마케팅 수치로 마구마구 확장됐다. 까짓것 호기롭게 해보겠다고 했다. '어떻게든 되겠지, 여태껏 잘해왔잖아.' 대수롭지 않게 생각했을지도 모른다. 그러나 접근 방식부터 풀어내는 과정뿐만 아니라 생각하는 방식까지 죄다 바꿔야 하는 일이었다.

엄청나게 헤맸다. 그런 나를 지켜보는 '불안한 눈동자'에 더 주눅이 들었다. 오만 가지가 다 신경 쓰였다. 그 와중에도 누군가를 만나지 않으면 불안해서 부지런히 약속을 잡고 술을 마셨다. 인터넷을 뜨겁게 달궜다는데 나만 모르면 어쩌나 싶어 강박적으로 트위터와 인스타를 뒤졌다. 책이니 유튜브니 읽을거리, 볼거리는 차고 넘쳐서 늘 과부하였다.

뭔가 보여줘야 한다고 혼자 바득바득 애를 쓰다 문득 깨달았다. 나의 다음 10년이 마땅히 바뀌어야 할 강산도 아니요, 지금 이 상황이 지면에서 영영 퇴출당한 것도 아니라는 걸. 그렇다고 내가 갑자기 특출 난 디지털 능력을 보여서는 더더욱 아니라는 사실까지. 그저 이런 순간에 닥쳤을 뿐, 시대의 변화는 이미 나의 의지를 떠난 일이라는 것을.

지금도 그때와 크게 다르진 않다. 매일이 허들 넘기다. 지면이 잔잔한 호숫가 속 혼자서 부지런히 움직이는 발이라면, 디지털 업무는 매분 매초 죽도록 뛰는데 사람들에 부딪혀 옴짝달싹 못하는 어깨 같다. 인구밀도가 높아도 너무 높다. 이리저리 아무리 피해 달려도 계속 어딘가에는 부딪힌다.

혼자 발을 부지런히 구른다는 건 보상이 크진 않아도 보람 있는 일이다. 지면의 좋은 글은 누군가에게 언젠가는 가 닿기 마련이니까. 근데 이 빽빽한 디지털 정글은 거의 실시간 보상 시스템이다. 누가 무엇을 좋아했고 싫어했는지 즉각적으로 반응이 돌아온다. 빠르게 박수 받았다 금세 손가락질 받는다. 냉온탕이 하루에도 수십 번, 당최 보람을 느낄 시간도 없다. 나만 속속 피해간다고 되는 것도 아니다. 상대가 따라주지 않으면 어깨는 내내 부딪힐 수밖에 없다. 아프냐? 나도 아프다.

같은 산업 안에서 이토록 판이한 온도를 겪고 있다. 무뎌지려야 무뎌질 수가 없다. 스펙터클도 이런 스펙터클이 없다. 10년이라는 지루한 숫자 속 하루하루는 지독하게 다채롭다. 나름의 비교 분석 결과, 나는 호숫가 안으로 부지런히 발 구르는 쪽이 좋은 사람이다. 점점 더 확고하게 느낀다. 반면 우연히 주어진 기회로, 완전히 다른 방식의 일을 새로운 사람들과 하는 경험은 분명 나를 깨어나게 했다.

환경은 내 의지와 관계없이 계속해서 바뀌어갈 것이다. 가속도는 더욱더 붙을 것이다. 그럼 나는 또 좌충우돌 헤매겠지. 내가 바꿀 수 있는 건 미미한데 나를 바꿀 것들은 텍사스 소떼처럼 밀려온다. 매일이 허들을 넘으려다 넘어지는 날들이다. 반짝 도약했다 내내 움츠리는 날들이다. 우리는 어쩌면 그 잠깐을 위해 줄곧 움츠릴 수 있는 어깨를, 그러면서도 부지런히 움직이는 발을 가진, 그래서 직장인일지도 모르겠다.

퇴사-입사 반복이 10회라면? 근속 10년, 심지어 20년이라면? 어떤 숫자도 쉽게 얻을 순 없다. 목표가 버티기가 됐든, 널뛰기가 됐든 미션은 각자의 숫자를 견디는 일일 거다. 11년 차, 이직 3회, 나는 어느 쪽으로든 그 이상의 숫자를 또 만들어갈 것이다.

# 회사가 군대야?
# 군대면 이래도 돼?

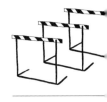

죽어도 익숙해지지 않는 일이 있다. 퇴고에 퇴고를 거듭해도 괜찮은지 아닌지, 의심이 끝나지 않은 원고가 데스크의 손에 넘어가는 순간. 그때부터는 원고 한 장 한 장 넘기는 소리, 기침 소리, 한숨 쉬는 소리, 가끔 들릴 듯 말 듯 웃는 소리, 그냥 숨소리 하나하나까지 생생하게 날아와 꽂힌다. 내 원고는 어디서부터 어디까지 잘못된 걸까. 몸은 모니터 앞에 있으나 모든 오감과 신경기관이 데스크를 향해 집중돼 있는 순간. 당최 왜 이렇게까지 하나 싶게 그렇다. 연차가 차곡차곡 쌓여가면 나아질 줄 알았건만, 원고에 대한 자신감은 계속 고만고만 제자리다.

그래서 나는 잘 고치는 사람이다. 확신이 없으니 상대의 피드백에 고집 세울 이유가 없다. 고치라면 고친다. 하도 고치다 보니 쑥떡같이 말해도 찰떡같이 알아듣고 고친다. 처음부터 잘 쓸 자신은 없는데 계속해서 고칠 자신은 있다. 그거라도 있는 게 어딘가 자위하면서.

결과물에 대한 객관적인 비평에 대해서 가끔은 비난까지도 감수하고자 한다. 순간 얼굴 빨개질 만큼 창피해도 그 사람을 감정적으로 미워하지 않고자 한다. 내가 못 썼거나 내가 한 컨펌이 잘못돼서 그런 거지, 비난하는 사람의 탓은 아니니까. 일과 관련된 잘못은 빠르게 인정하고 고치면 된다고 믿는 쪽이다. 이렇게 남들보다 가벼운 내가 남들에 비해 현저히 요지부동일 때가 있다.

얼마 전 일어난 일이다. 내 팀의 후배가 어떤 실수를 했다. 일에 대해서야 1차적으로 내 컨펌을 받는 수순이니 나를 거친 일이 잘못되면 분명 내 책임. 비난이든 뭐든 달게 받을 일이다. 그러나 당시 후배의 문제는 나의 컨펌이 없는, 부장이 일대일로 관리하는 정산 관련 내용이었다. 부장은 나를 불러놓고 그 자리에 있지도 않은 후배를 지칭하며 "걔는 왜 이러니? 내가 지난번에도 이러지 말라고 했는데, 이게 뭐하는 짓이니?" 소리를 질렀다. 사무실 전체가 쩌렁쩌렁 울리게.

내가 관여할 수 있는 부분이 단 1도 없는 사안이었다. 나는 "그러게요. 왜 그랬을까요? 내일 불러서 직접 얘기를 해보셔야 할 것 같은데요?" 평온하게 남 얘기하듯 답했다. 정말이지 남 얘기였으니까. 그러나 부장은 내 말을 들을 마음이 없었다. 계속해서 "이게 말이 되니? 얘는 왜 이러니?"를 반복했다. 나는 소리를 지르는 그의 옆에 멀뚱히 서 있었다. 내가 대신 답해줄 문제가 전혀 아니었으므로. 사태를 다 지켜본 동료들의 해석(?)은 한결같았다. 선배 보고 후배 교육 제대로 시키라는 말이잖아. 군기 딱 잡고 앞으로 이런 일 없게 하라는 거지.

나는 그 말을 듣고 나서야 알았다. 도대체 부장이 실질적으로 관련이 1도 없는 제삼자의 사안을 왜 굳이 나를 불러 내게 화를 냈던 건지. 대화의 주인공은 후배였지만, 결국 화살은 '후배 교육 제대로 못 시킨'으로 분류해 버린 나를 향해 있다는 것을. 그러고 보면 나도 왕년에 그런 제삼자의 처지에 많이 처해봤다. 선배를 통해 쓰리쿠션으로 들어왔던 나에 대한 말들. 쟤 너무 나댄다, 쟤 좀 눌러, 쟤 군기 좀 잡아야겠다. (대체 나댄다는 것은 무엇인가.)

삼십 년 넘게 만나온 숱한 군필자들의 증언에 의하면 군대가 딱 이랬다. 후임이 어떤 잘못을 했다. 제대로 따지고 보면 잘못인지 아닌지도 분명치 않지만 어쨌든 그 행동에 대한 선임의 관여와 책임이 전혀 없음에도 후임 앞에서 선임을 시쳇말로 '잡는다'고. 그게 바로 대대손손 이어지는 군대의 기강, '군to the 기'를 위함이라고. 후임은 자기 대신 혼나는 선임을 보면서 어쩔 줄 몰라 정신을 바짝 차리게 되고, 같은 실수를 반복하지 않도록 스스

로를 다잡는다는 것. 그러니까 '알아서 기는' 분위기를
만드는 것.

이게 처음부터 끝까지 이해가 안 됐다. 우선 회사는 군
대가 아니다. 나는 군기를 잡고 '알아서 기는' 문화를 만
들 의지도, 그에 따를 생각도 없다. 팀장의 권한 바깥에
서 벌어지는 개인의 문제는 그걸 관리하는 사람이 직
접 책임을 물어야 하는 일이라고 생각한다. 부장은 내게
"제가 알아서 (후배) 잡을게요."라는 대답을 기대했을지
모른다. 그걸 본 후배가 절절 기며 내게 사과를 하고 같
은 문제가 발생하지 않게 되는 수순을 원했을 거다. 그러
나 나는 부장에게 그 어떤 비슷한 반응도 하지 않았다.
"내일 불러서 직접 물어보세요." "제가 지금 답할 수 있
는 게 아무것도 없는데요."라는 말만 반복했다. 부장은
그런 내 반응에 더 화가 나서 수십 분 동안 후배를 비난
하듯 나를 쪼았는지도 모르겠다.

나는 후배에게 이 일에 대해 어떠한 말도 보태지 않았

다. 설사 이 방법이 군기를 잡는 데 무척 효과적일지라도, 나는 같은 요지부동으로 일관할 작정이다. 회사는 철모르는 아이들이 모인 집단이 아니다. 전쟁을 대비해 특수한 긴장 상태를 지속해야 하는 군대는 더더욱 아니다. 다 큰 성인들이 모여 각자의 역할만큼 월급을 받고 대개는 각자의 목적을 가지고, 가끔은 공통의 과제를 위해 일을 하는 곳이다. 그렇다면 개인의 경계는 명확히 구분돼야 한다.

직책이 올라갈수록 잘못을 인정하고 책임지는 것은 어렵지만 중요한 일이다. 더 중요한 건, 잘못을 물을 자리에서 그 책임을 누구를 향해 물을 것인가 날카롭게 판단하는 능력이다. "내가 부장인데, 일개 사원 하나 불러서 일일이 설명해야 해?" 그럴 일은 그렇게 해야 한다. 잘못을 바로 잡을 목적이라면 그게 가장 빠르고 정확한 방법이다. 바로 고칠 수 있는 문제를 괜히 크게 만들어 팀전체를 꽉 짓눌러놓고 "우리 팀은 군기가 바짝 서서 알아서들 잘하는구만~" 여유로울 일이 아니라는 말이다.

나는 잘 고치는 사람이고자 한다. 고쳐야 할 원고는 백 번도 더 고칠 수 있고, 컨펌을 잘못해서 후배를 힘들게 했다면 그 또한 백 번 사과하고자 한다. 그러나 기강이라는 추상적이고 모호한 목적으로 후배를 잡아 '족치거나' '알아서 기게' 만드는 데는 끝내 동의하지 못하겠다. 누군가는 이렇게 답하겠지. 조직은 다 그런 거라고. 다시 묻고 싶다. 그런 조직이라서 당신은 내내 행복하셨냐고.

조직은 다 같은 문화를 가지지 않는다. 조직문화는 조직원들이 얼마든지 다채롭게 조직해나갈 수 있다. 우리가 진짜로 고쳐야 할 건 내 원고이고, 당신이 말하는 그 '조직문화'라는 거다.

# 나를 갈아서
# 어디에 넣는다고?

감기는 2~3년에 한 번 걸릴까 말까. 어디 휘거나 부러져서 깁스한 적 없고, 내시경 수면 마취 빼고는 타의에 의해 의식을 잃어본 적도 없다. 병원은 병문안 때만, 하루 이상 입원한 경험도 없다. 술을 그렇게 먹어도 아직은 술을 잘 먹기 위해 사지 멀쩡하게 운동 잘하고, '카드값!' 외치며 벌떡 일어나 출근 잘하는 건장하고 건강한 직장인이라는 말이다. 그런데 딱 한 번, 사무실에서 일하다 119 구급차에 실려간 적이 있다. 나 때문에 사무실이 발칵 뒤집힌 사건.

때는 바야흐로 6~7년 차 때쯤, 한창 일 많을 연차에 정말이지 더럽게도 일 많이 하던 어느 해 여름이었다. 본격적인 마감 기간에 들어가기 직전, 부산 특별판이 나오던 달이었다. 나 혼자 그걸 오롯이 맡아 2박 3일 동안 부산을 쏘다니며 17꼭지를 취재하고 돌아왔던 때. 그러니까 부산판만 무려 17개의 기사를 썼다는 말이다. 개중에는 부산 호텔 5곳의 조식 비교 기사(그러니까 호텔 5곳을 취재했는데 1꼭지라는 말), 부산 경찰 6명과의 인터뷰 기사(그러니까 6명 인터뷰했는데 1꼭지라는 말), 이렇게 기사 2개로 시작해 17개까지 카운트한다고 생각하면 이해가 쉬울 거다. 거기에 본지 기사까지, 그달 내 기사가 총 21개. 한 달에 보통 많다 쳐도 한 기자가 10꼭지 남짓을 쓴다고 할 때 배 이상 많은 건 알겠는데, 이게 당최 얼마나 많아서 어떻게 죽어나갈 일인지 파악할 정신도 없이 좀비처럼 일을 하고 있었다.

여느 날과 똑같았다. 정말 아~무런 낌새도, 전조 증상도 없었다. 키보드를 바쁘게 두드리고 있는데 갑자기 호흡이 가빠졌다. 식은땀이 나고 머리가 띵해지면서 가빠진 호흡이 절정으로 치달아 아예 숨을 쉴 수조차 없었다. '누워서 떡 먹기'에도 댈 게 아닐 '숨 쉬기 운동'이 이렇게 어려워질 수 있다니. 순식간에 저승 문 앞까지 온 것만 같았다. 나는 바닥에 주저앉았고, 옆에 있던 후배가 놀라 자빠지면서 나를 붙잡았던 것으로 기억한다. 포복으로 기다시피 앞으로 가면서 살려고 발버둥을 쳤는데, 그때 사무실에 있던 전부가 내게 달려들며 "누가 119 불러!" "영주야, 숨 쉬어!" (안 쉬어진다고ㅠㅠ) "천천히, 천천히 호흡해보자…!" (아니, 그게 안 된다니까??) 이런 말들이 오갔던 것으로 기억한다.

과호흡이 온 거다. 갑작스레 자가호흡이 안 되고 뇌에 산소 공급이 안 되면서 자칫 위험해질 수도 있었던 상황. 혈액순환이 안 되니 손발이 굳고 얼굴은 하얗게 질렸을 거다. 모두가 달려들어 나를 마구 주물러댔던 걸로 보면. 그렇게 나는 생애 처음이자, 아직은 마지막으로 구급차에 실려 종합병원 응급실에 당도했다.

병원에 도착할 즈음에는 호흡이 많이 안정된 상태였다. 삼십 년 넘게 건장했던 나도, 만날 술이나 처먹는데 아프다 소리 잘 안 하고 지 일은 그냥저냥 해내던 나를 봐왔던 선후배들도 심히 놀랐을 뿐. 여러 검사를 해봤지만 명확한 원인이 나올 리는 없었다. 심장에 무리가 있을 나이도 아니고, 지병이 있는 것도 아니요, 어디 특별히 약한 곳이 있지도 않았다. 의사는 스트레스와 과로, 두 가지를 말했다. 그때 속으로 이렇게 흥얼거렸던 것 같다. 이보시오 의사양반, 대한민국 사람 중에 스트레스&과로 없는 사람 있으면 머리를 내놓아라, 좋은 말할 때. 그러지 않으면 구워 먹으리.

이날을 기점으로 한동안 사무실 분위기가 이상하리만치 착 가라앉았다. 큰 탈 없어 다행이라 생각하면서도 생애 처음의 그 경험은 나에게는 물론 모두에게 쉽사리 잊히지 않았던 것 같다. 각자 이런 생각들을 했던 것 같다. 우리 이렇게 일해도 되는 걸까? 부산에서 2박 3일을 새벽 다섯 시 기상해서 자정을 넘긴 시각까지 내내. 끼니는 이동하는 차 안에서 편의점 빵으로 때우면서. 맨 마지막 기차로 서울에 올라오자마자 또 다시 쌓인 업무, 업무, 업무. 대체 누굴 위해서 이래야 하나?

나만 유독했던 것도 아니다. 그맘 때의 잡지기자들 대부분이 각자의 자리에서 이렇게 일을 하고 있었다. 삐끗하는 순간은 이렇게 왔다. 일을 못해서 타박을 받거나 사람들과의 불화로 마음이 힘든 게 아니라, 각자의 일로 스스로의 몸을 망가뜨리고 있다는 걸 깨닫는 순간 이렇게 왔다. 가해자는 아무도 없었다. 팀장도 부장도 실은 이 시스템 속 한 명의 희생자일 뿐이었다.

나는 회사의 제안으로 며칠간 출근하지 않고 쉬었다. 집에서 숨 쉬기 운동을 할 수 있음에 새삼 감사하는 와중에도 걱정은 또다시 쳐들어왔다. 마감 때까지는 괜찮아져야 할 텐데. 마감 다 못하면 어떡하지? 스물한 꼭지 중 단 한 꼭지라도 다른 누가 해줄 수 있는 일이 아닌데, 어쩌지? 어떡하면 좋지?

누구도 대신 할 수 없는 일을 한다는 건 자부심이 될 수도 있지만 그게 이 정도가 됐으면 그냥 미련한 거였다. 일에 나를 갈아 넣다 보면 정말로 일에 야금야금 잡아먹히는 거였다. 꼬박꼬박 소진되어 결국에는 사달이 나는 것이었다. 실제로 선배 기자 한 명이 업무 과다로 사망한 적이 있다. 비슷한 업계에서 일하던 친구는 어느 날 출근길에 갑자기 주저앉아 못 걷게 되어 그 회사를 영영 떠났다. 묻지 않을 수 없다. 직장이란 무엇인가.

여전히 직장인인 나는 나도 모르는 사이 가끔씩 또 나를 갈아먹고 있을 때가 있다. 그럴 때마다 고개를 세차게 저으며 마음을 다잡는다. 나는 "인류를 구하는 영웅"이 아니라고. (이 정도면 우주라도 구할 판이다.) 도봉순도 블랙위도우도 아니므로 우리 동네 하나 지킬 힘도 없을 뿐만 아니라, 심지어 내 기사 한 꼭지도 제대로 못 지킬 때 허다 하니 (나는 직장인이다!) 적어도 내 몸만은 지키자고. 노동에는 정당한 대가가 필요하고 그 이상을 요구할 자격은 신에게도 없다고.

우리는 받은 만큼 일하고 있는 걸까. 참고로 내 월급으로는 9시 출근해서 12시까지 일하다 점심 먹고 들어와서 3시쯤 퇴근하면 딱 맞을 것 같다. (양아치냐고? 월급을 까, 어째?) 마침 이 챕터 제목이 오후 3시 20분을 넘어간다. 월급만큼 일했으니 그만할 때라는 말이다. 우리 더 이상 죽어라 일하지는 말자. 죽어라 술은 먹어도 말이다.

# 신사역
# 8번 출구

너와 함께여서 내가 나일 수 있는 순간. 무언가 더 기대하거나 덜 표현하지 않아도 되는, 세월만이 허락한 사랑 같은 것. 불합리한 인간이나 부조리한 상황에 대한 불평이 아니라, 불합리와 부조리 자체에 대해 각자의 생각과 해석을 나눌 수 있는 친구.

## 해남집? 김이순장춘?
## 오늘은 고성!

　술꾼에게는 늘 자기만의 아지트가 있다. 천재지변이 일어나거나 건강에 이상이 온 때가 아니라면 나는 아직도 최소 주 3회 (이상) 음주를 지킨다. 점점 약해지는 기력을 술 줄이는 데는 못 쓰고, 술 마시러 가는 거리를 줄이는 데 쓰고 있다. 이동 시간조차 아까워 늘 회사 근처로 이 사람 저 사람 불러 모으는 거다. 그게 가능하려면 제각각의 입맛을 충족시킬 수 있는 주종별, 안주별 술집 리스트를 꿰고 있어야 하는 법.

나는 오늘도 신사역 8번 출구 앞에서 올라오는 너를 맞이한다. 곧 술 마시러 갈, 환희의 절정으로 치닫는 나의 마음을 숨길 방법이 없다. 이때는 거의 '엄마'만 해도 헤벌쭉 웃는 신생아 수준의 웃음이 새어 나온다. 그야말로 한바탕 웃음으로 "어디 갈까?" 툭 치면, 선택지 최소 열 개는 주르륵 튀어나온다.

우선 남도의 손맛을 제대로 느낄 수 있는 해남집. 낙지초무침에 연포탕, 매생이굴국에 생굴 한 접시면 소맥이 어찌 달지 않을 수 있겠나. 이 집은 무엇보다 전라도식 묵은지(빨간색 김치와 백김치가 각각 접시에 담겨 두 접시 소담히 나온다.)와 비단멸치 볶음, 직접 쑨 된장에 찍어 먹는 생당근이 별미다. 이 세 가지 밑반찬이면 일단 소주 한 병이 빠르게 사라진다. 메인 디시는 두 병째부터.

다음으로는 김이순장춘이다. 맛깔나는 기본 찬 여덟 가지와 함께 제주 음식을 맛볼 수 있는 곳. 조물조물 신선하게 무친 나물 반찬만도 서너 가지가 나온다. 나물 안주에 소주가 얼마나 찰떡인지 아는 술꾼, 받들어 소주! 제철 회는 물론이요, 모듬 생선구이에 성게미역국이면 밥 한 공기 뚝딱과 함께 한라산 무한대 뚝딱을 부르는 곳이다. 어떤 날은 우거지와 묵은지가 생선 가시 개수보다도 많이 들어간 찐득한 고등어조림에다 냉장 말고 상온 보관한 한라산 21도를 먹어야지.

그렇다면 오늘의 선택은? 고성이다. 여기 솔직히 간판 보면 딱 들어가기 싫게 생겼다. 앞서 말한 해남집이나 김이순장춘이 그렇다고 미적으로 뛰어난 곳이냐 묻는다면 그건 아니지만. 그래도 두 집은 오래된 맛집 포스 내뿜는 고풍스러움이 있지. 고성은 우선 백대표의 구원부터 받아야 할 것 같은, 개중에도 약간 구제불능 빌런일 것만 같은 허접함 한껏 풍긴다. 주황색 간판에 공짜로 줘도 안쓸 법한 서체로 '고성', 그 옆에는 앙증맞기를 기대했으나 크게 실패해버린 동동주 일러스트가 그려져 있다. 창문 틈마다 소주병을 둘러쌓았고 벽은 손님의 손글씨 낙서로 빼곡하다. 이쯤 되면 대학가 술집이라 그냥저냥 유치한데, 유독 인적 없는 뒷골목에 손님 대신 파리만 날릴 법한 포차 느낌.

메뉴 구성도 난감하다. 거의 김밥헤븐만큼이나 엄청난 스펙트럼 자랑하며 중구난방, 세계평화 지향하신다. 신선도 관리만도 복잡할 해산물부터 국물떡볶이가 튀어나오고, 갑자기 분위기 짜파게티에 스팸계란구이, 군만두 하며 콘버터까지. 도무지 한마디로 규정할 수 없는 메뉴 구성. 이 집 '디스'를 이다지도 길게 한 이유는 이 모든 상황을 반전시킬 맛집이기 때문이다. (당최 간판에 대해서는 사장님께 다시 묻고 싶다.) 진짜 이 안주들이 다~ 맛있다. 놀랍도록 맛있다.

술꾼들을 고성으로 데려갈 때는 경고부터 한다. 첫째, 간판 보고 놀라지 마라. 둘째, 일단 먹어보고 얘기하자. 셋째, 아무거나 원하는 거 찍기만 해라. 신신당부하며 데려가는 곳. 한 번 데려갔더니 다들 두 번 가자, 재방문을 재촉하는 집. 1차로 가끔, 2차로는 팔 할을, 3~4차로는 거의 백 프로 찾게 되는 고성. 오늘은 1차부터 왔다. 밥 되는 국물떡볶이에 소주 적실 백합탕을 시켰다. 단짠 떡볶이에 소주 한 잔, 맑은 탕 한 숟갈에 소주 두 잔. 세 잔에서 네 병으로 튀는 어느 밤.

조직원 중에서도 좀 험한 조직원의 삶을 상상하게 하는 외모의 사장님은 술꾼이란 술꾼은 부지런히 달고 오는 나를 늘 함박웃음으로 맞이하신다. 소주 한 병이 비워지려는 찰나, 사장님의 서비스 안주가 급하게 나온다. 어떤 날은 고작 만오천 원짜리 오뎅탕 하나 시키고 앉아 있는 우리에게 방어가 좋다며 그 비싼 방어 몇 점을, 안주가 거나하게 차려진 어떤 날은 토마토에 설탕 송송 뿌려 숙취 해소에 좋다며 내주는 사람. 나의 조직원에 대한 상상력은 그로 인해 관대해질 수 있었다.

실은 마음에 안 드는 게 또 있다. 노래 선곡도 별로다. 90년대 가요가 막무가내로 흘러나오는데, 솔직히 나는 코요태가 외치는 순정이나 거북이가 미싱 돌리는 노래에는 술맛 심히 방해받는 쪽이다. 그러니까 이 모든 키치함을 감내한 채 정말 이상하리만치 나는 이곳의 단골이다.

마감 막바지 때마다 고성에서 후배들과 소주를 마셨다. 만두 바삭 한 번에 선배 욕, 소주 댓병에 '우리가 남이가' 우정을 다지기도 했다. 마포에서 신사까지 날아온 친구가 안티 페미니스트라는 사실을 깨닫고, 소주 네 병 만에 "야 너 인마" 쌍욕 하면서 싸워도 봤다. 회사 동료들과 마시다 대학 동기 합류시켜 안주 구성처럼 월드피쓰, 강강수월래, 절친이 되기도 했지. 어쩌다 편집부 회식도, 광고부 단체 회식도, 다른 팀 회식에 슬슬 따라 붙은 곳도 여기였다. 4차였던가, 그날의 기억에는 없었는데 알고 보니 다녀갔다는 곳도 고성이었다.

그뿐인가. 내가 쏜다고 다른 사람들 다 보내놓고는, 대책 없이 취해 아무도 없는 테이블에 "아안녀엉~"(혀가 꼬일 대로 꼬인 안녕) 인사하며, 돈 안 내고 택시 불러 튄

곳도 여기였다. 물론 단골 찬스로 며칠 후 찾아가 외상값을 치렀다. 그날 역시 외상값보다도 많은 술과 안주를 먹고 갔으니 괜찮다고 자위해본다.

취향 좀 탄다는 사람도, 싫은 게 많지만 대충 묻어가는 사람도, 해산물을 좋아하는 사람도, '단짠맵짠' 초딩 입맛도, 술꾼이라는 이름 아래 대동단결하는 이곳. 진정 월드피쓰를 몸소 실천하는 이곳, 신사동 고성을 찾으세요. 사장님, 나 서비스 뭐 줄 겁니까? 이렇게 광고했는데.

# 기꺼이 만만하고
# 제대로 세질게요

나는 '세다'라는 말을 종종 듣는다. 일단 목소리가 크다. 상당한 저음에다 발성 자체가 큰 편. 뭔가 잘못됐다 싶거나 마음에 안 들 때 그걸 숨기는 데 능하지 못하다. 대놓고 말해버리는 쪽. 걸음이 빠르고 (당연히) 술을 좋아한다. 형형색색 패턴 화려한 옷보다는 거무튀튀하거나 활동성 좋은 옷을 선호한다. 운동신경이 나쁘지 않아 웬만한 운동은 곧잘 해내는 편이다. 경쟁 구도의 종목은 싫다. 지구력 필수인 혼자 하는 운동이 좋다. 이 무슨 갑작스럽고 중구난방의 자기소개냐고?

그러니까 '세다'는 건 무엇인가. 한마디로 정의하기에 이보다 애매할 수 없다는 말이다. 나는 선배에게는 센데 후배한테는 한없이 약하다. 서너번 봤던 사주풀이를 인용하자면 나는 "대통령이 와도 할 말 다 하는 사람"이란다. 장관 자리 하나 줄 거 아닌 이상 대통령이든 누구에게든 꿀릴 게 없다고 생각한다고. 대통령에게도 센데, 다시 한 번 후배에게는 약하다. 후배 부탁은 웬만하면 오케이. 술자리 또한 이를 증명한다. 주 2~3회는 꼭 후배와의 술자리다. 대화는 팔 할이 선배 욕으로 대동단결. (내 욕은 나 없을 때 신나게 해라.) 적어도 선배한테는 세다 정말. 모두의 선배, 누가 봐도 팀장, 부장, 장 자리 윗분들 욕은 누구보다 차지게 할 자신이 있다. 후배들 입에 삼시세끼 밥 먹듯 오르내리라고 '장' 아니겠는가. (한국 음식은 뭐니뭐니 해도 장맛이니까.) 까마득한 후배 앞에서도 제일 윗분 까대기(?)에 여념이 없다.

후배들이 술 먹고 격의 없어지는 게 반갑다. 술자리에서 누가 선배에게 반말을 했든 삿대질을 했든 나한테는 하나도 안 중요하다. 물을 따르고 숟가락을 놓아주는 것, 2차 장소를 알아보거나 택시에 태워 보내는 것, 수많은 술자리 상황 중 누가 반드시 해야 할 일이란 건 없다. 다 함께 기꺼이 만만해지기에 나는 후배들과의 술자리가 좋다.

그들은 종종 내게 고민을 털어놓고 상담을 청한다. 얼마 전에도 한 후배가 어려움을 토로해왔다. 그의 다른 선배와의 일이었다. 같이 일하는 모두가 실은 익히 알고 있었다. 그 선배가 후배들 불러 세워놓고 종종 소리를 지른다는 것. 같은 성인인데, 누가 누구에게 그래도 될 만한 일이란 게 과연 뭘까, 의문이 들 만큼 소위 대놓고 깐다(?)는 것.

아무리 떠올리려 애써도 떠오르지 않는다. 각자의 일을 모두가 죽어라 하고 있는 사무실에서, 다닥다닥 붙어 앉아 숨소리까지 들릴 듯한 갑갑한 그 사무실에서 문제아 벌세우듯 옆에 세워놓고 소리 지르며 화낼 일이라는 게 뭘까. 내가 아닌 누군가 그 일을 당하는 걸 옆에서 보고 있기만 해도 심히 불편한 그 일이, 왜 반복해서 벌어지는지 나는 이해되지 않았다.

인간 대 인간으로 모두가 있는 앞에서 그런 일을 당할 논리적 근거는 범죄를 저지른 게 아닌 이상 없다고 생각한다. 상대가 명백히 잘못했거나 엄청난 실수를 저질렀다면 회의실이든 어디든 따로 가서 정확히 따질 일이다. 순간적으로 화가 솟구친다면 한 번 참고 두 번 참아서 "잠깐 따로 얘기하자."고 데려갈 줄 아는 게 성인의 영역이라고 믿는다.

후배의 잘못이 분명히 있었다. 그렇다고 해서 면전에서 인격 모독을 당해도 싼 건 아니다. 앞으로 같은 일이 있을 때 후배에게 참지 말자고 말했다. 상사라도, 하늘 같은 선배라도 그런 부당할 일을 저지를 권리는 없다. (만약 하늘 같은 선배가 있다면 후배 또한 하늘 같은 후배다.) "왜 소리를 지르시죠? 잘못한 걸 말씀해주시면 최선을 다해서 고칠게요. 저 잘 알아들을 수 있어요. 이런 식의 대우는 하지 말아주세요."

후배가 이렇게 반응한다면, 싸가지 없다고 더 퍼부을 가능성이 높다. 더구나 인사권을 쥔 상사라면 업무적으로 득이 되기는커녕 실이 많을 수도 있다. 그러나 다시 한 번 생각해보자. 그토록 비인간적인 처사를 참아내느라 욕이 늘어버린 우리는 각자의 평온을 잃고 있다. 실수를 만회하고 고쳐나갈 의지와 시간도 잃고 있다. 상사에 대한 신뢰, 내 일에 대한 애정마저 잃어간다. 여러 번 욕받이가 되어 보니 이제 영혼 빼고 들을 줄 안다고? 그러는 동안 그만큼의 영혼을 잃었다. 이렇게 따지고 보면 '소리 지르지 말라'고 대응해도 된다는 계산이다. 나도 그리 하지 못했던 지난날들이 무수히 스쳐가건만 후배들은 진짜 꼭 이렇게 말했으면 좋겠다.

자, 후배 편은 여기까지. 그렇다면 후배의 할 일은 무엇인가, 후배는 갈수록 기사 쓰는 행위가 어렵다고 했다.

맞다. 단어 하나도 조심스럽다. 기사를 읽을 이들의 다방면의 처지를 고려해야 하고, 어떤 표현과 접근이 누군가를 배제하며 쓰이고 있지 않은지 살펴야 한다. 후배는 이러한 과정이 특히 긴 경우다. 그 와중에 어떻게 하면 선배한테 안 까일까, 눈치까지 봐야 하니 마감은 자꾸만 더 늦어진다.

심사숙고 끝에 어렵사리 기사 하나를 써내는 후배는 존중받아 마땅하다. 그만큼 좋은 기사를 써내기도 하는 후배의 존재는 소중하다. 그럼에도 우리는 글 쓰는 자 이전에, 매달 마감이 있는 직업을 가진 직장인임을 상기해야 한다. 혼자 고혈을 짜내 기사를 써도 그걸 잡지로 만드는 과정에는 많은 이들의 협업이 필요하다. 충분한 시간을 들여 좋은 기사를 쓰는 것과 여러 기사를 묶어 하나의 책을 만드는 과정에서 마감을 지키는 것은, 심히 상충되지만 반드시 어우러져야 하는 일이다.

발언권은 누구나 가질 수 있다. 술 먹으며 불만을 쏟아내는 그 후배에게도 똑같이 부여되기에 발언권이다. 단, 일로써 발언권을 찾으려면 그 시점을 자기 일을 제대로 해낸 다음으로 잡아야 할 것이다. 마감 날짜 지키고, 협업을 망치지 않는 것. 그걸 지킨 후여야 나의 말에도 힘이 실린다.

내 할 일 한 다음이라면 선배 욕도 실컷 하자. 더욱 다채롭고 기발하게. 인간 이하의 태도로 나를 대하는 선배를 참아야 할 순간은 단 한 번도 없다. 자꾸 마감을 어기면서 남 탓과 변명으로 넘기려는 자신을 닦달할 필요는 충분히 있다. 후배도 나도, 소리 지르는 그 선배도 다시 한 번 생각해보자. 우리 각자 진정 추구해야 할 게 무엇인지. 뭐가 진짜 센 것인지. 만만해도 될 때는 기꺼이 만만하게, 대신 세게 할 것은 제대로 세게 하는 게 멋있지 않나? 사람들 앞에서 소리나 빽 지르는 것보다? 나도 못 하면서 남 탓이나 주구장창 하는 것보다?

어렵지만 최선을 다하고 있는 후배의 그 최선을 다함

이 존중받았으면 좋겠다. 그런 나를 알아주지 않는다며 억울해하는 후배의 불평이 거기서 그치지 않고 좀 더 발전하는 계기로 작동하기를 바란다. 나의 훈계질이 훈계질로 끝나지 않기를 바란다.

다 둘째치고 이 한 가지 희망한다. 평생 후배와 야, 너, 인마 하며 술잔 기울일 수 있는 선배이기를. 일흔이 되어 팔십 먹은 선배를, 예순의 후배와 차지게 욕할 수 있는 미래를 그려본다. 나는 그때의 나를, 기꺼이 만만하고 제대로 세졌다 느낄 수 있을 것 같다. 그런 의미에서, 오늘은 소주 한 잔에 김이최박부장 욕 한 점.

# 누가 내 팬,
# 아니 내 편이래

"선배, 여기 누가 선배 팬이래요."

퇴근 시간을 넘긴 시각, 뜬금없이 문자가 하나 왔다. 흔치 않은 내용이었다. 기자 일을 오래 하다 보면 한 번쯤은 내 글 읽었다는 누군가를 만날 수 있을지 모른다. 자기가 한 일에 그대로 이름이 따라 붙는 직업이니까. 욕을 먹기는 참 쉽고, 좋은 기억으로 남는 것은 기적에 가깝다. 업계 사람들끼리도 이렇게 자조하니까 말이다. "요즘 잡지 누가 보냐?" "안 보지, 누가 봐?"

잡지 이름도 가물가물할 시대에 이렇게 가뭄에 콩 나듯 잡지를 읽는 사람이, 그러다 우연히 기자 이름까지 기억하는 사람이 있다니, 반갑고 고맙기 이를 데 없는 일이다. "선배 오세요, 와서 팬을 만나세요!" 마침 선약이 취소돼 호시탐탐 다른 약속을 잡고 있던 나는 이미 사무실에서 튀어나갈 만반의 준비가 끝났다.

기분 좋은 칭찬에 문득 예전의 나를 떠올렸다. 대학 때까지, 아니 이십 대 시절 내내 나는 친구들 사이에서 독설가였다. 그저 분위기 좋게좋게 하자고, 마냥 감싸주며 그래그래, 잘했어잘했어, 엉덩이 토닥이듯 하는 게 그렇게도 싫었다. 분명히 친구의 과한 요구였던 것 같은데 그걸 몰라줬다며 남친을 싸잡아 욕하는 게 영 못마땅했고, 엄마든 아빠든 아무리 혈육이라도 다짜고짜 온갖 짜증을 내뱉는 것도 보기 싫었다. 자기 일은 제대로 안 하면서 남 탓만 하는 것도 다 핑계라고 생각했다.

친구들을 향해 내가 뱉은 말들은 대략 이랬다. 그건 니 잘못이지, 니 기대가 너무 컸던 거야, 야 입장 바꿔 생각해봐, 너라면 그렇게 했겠어? 니가 말 안 하면 남친은커녕 엄마도 모르는데, 누굴 탓해? 등등. 옳은 말이라 믿으며 따박따박 했었다. 분명 서운했을 친구들은 나보다 훨씬 양반이었다. 성냥(친구들은 날 이렇게 부른다.)은 원래 그렇잖아, 솔직히 성냥 말이 아프지만 맞지, 라며 너그러웠다. 친구해줘서 고마울 따름이다.

나이가 들면서 그러나 나는 공감의 힘을, 그 순간만큼은 진정으로 위로가 되어주는 내 편의 힘을 조금씩 알아갔다. 내게도 그게 필요해진 순간들을 맞고 나서야 알았다. 도무지 이해할 수 없는 선배의 음해에 상처 받았을 때, 터놓고 말하자고 한 건데 상대가 그걸 작정하고 곡해했을 때, 도무지 직장이라는 곳이 내 뜻대로 되는 게 하나도 없다는 사실을 맞닥뜨릴 때마다 내게는 충고가 아니라 공감과 위로가 필요했었다. 누구도 실은 해결해줄 수 없는 일에 "누가 그랬어, 내 친구한테? 내가 가서 한 번 엎어줘?" 애정 어린 허세가 간절했었다.

나는 아주 '지만 옳은 줄 아는 냉혈한'에서 '내가 뭐라고 매번 옳겠어?' 의심하는 인간이 되어가고 있다. 그때는 그게 옳은 말인 줄 알았다. 당장은 들어서 아픈 말이어도 나중을 위해 좋은 거라고 감히 짐작했다. 그게 진짜 옳은 것인지 의심은 없이 쉽게 충고하고, 조언하고, 평가하고, 판단했던 것 같다.

동인문학상 수상작 《안녕 주정뱅이》를 쓴 권여선 작가를 인터뷰 했을 때 무릎을 쳤던 대목이 있다. "나를 그나마 인간답게 만든 것이 술, 그리고 글쓰기예요. 그 두 개가 없었으면 나는 아마 아주 재수 없는, 지만 잘난 줄 아는 인간이었을 거야." 감히 공감한다.

허구한 날 술 마시고 취해서 실수하는 엉망진창 인간인데 남의 실수를 포용하지 않을 이유가 없다. 오늘은 옳은 말이라고 썼다가 다음 날 내가 그대로 틀리는데, 누가 누굴 판단할까 싶다. 그러면서 사랑받는다는 것은, 오직 사랑할 줄 아는 사람에게 오는 행운이라는 생각이 들었다. 나는 사랑할 줄 모르면서 사랑 안 받아도 된다고 젠체하는 별 볼 일 없는 인간이었다.

극소수 중에서도 극적으로 적은 내 팬을 만났던 날, 나는 아주 기분 좋게 취했다. 무엇 하나 마음에 들지 않았던 그 즈음의 나는, 술 먹고 취하고 깼다가 또 취하고 스스로 엉망진창이라 여기던 당시의 나는, 그 팬의 칭찬 하나로 문득 꽤 괜찮게 살고 있다고 느꼈다. 일순간 내가 했던 모든 헛된 일이, 헛되고 헛되다 자조했던 그 모든 일이 한 개도 헛되지 않고 반짝거렸다.

칭찬은 그런 거다. 공감과 위로란 그런 거다. 나는 그날 이후로 조금 더 변하고 있다. 아마도 비슷하게 별 볼 일 없이 살아가는 너와 내가 고통을 나누고 서로의 생각을 감싸 안으며 함께 좀 더 나아질 수 있으면 좋겠다. 여성으로서, 소수자로서, 늘 사회로부터 평가당하는 사회인이자 고군분투하는 직장인으로서 손 내밀고 또 잡아줄 수 있는 여자로 늙고 싶다.

옳은 말이랍시고 상대를 비난하고 조언이랍시고 상대를 깎아내리는 건 사람 말고 현상에, 집단에, 사건사고에다 할 일이라고. 사람에게는, 특히 나의 소중한 친구들과 가족, 나아가 동종 업계, 동시대를 살아가는 이들에게는 공감과 위로를 먼저 건넬 줄 아는 사람이고 싶다고. 나는 더 이상 독설가는 안 하고 싶다. 물론 제 버릇 누구 주지는 못하고 여전히 불쑥불쑥 충고, 조언, 평가, 판단을 해 댈 거다. 누군가에게는 여전히, 누군가에게는 새롭게 또 독설가인 날들이 있을 거다. 다만 그럴 때마다 사과하고 뉘우치는 인간이 되고 싶다.

술 먹는 나는 술 먹는 너를 무조건적으로 이해한다. 그래서 술 안 먹는 너도 전적으로 포용한다. 서로의 기분을 좋게 하고, 서로에 대한 이해의 폭을 넓힐 수 있는 수단이 나에게는 술이니, 너에게는 무엇이어도 괜찮다.

"선배, 누가 선배 팬이래요."

어머나, 술 먹자. 아니, 그분 술 먹니, 참? 그 전에 일단 나도 무조건 그의 팬, 아니 편이라고 전해줘. 그리고 신사역 8번 출구에서 만나.

# 날씨가 술이네,
# 만나잔 얘긴 아니야

"넌 누구랑 그렇게 맨날 술을 먹어?"

월화수목금금금, 워커홀릭 일하듯 술 마시는 내게 삶에 술 따윈 들인 적 없는 이들이 종종 묻는다. 흰 도화지 같은 표정으로 "술 먹을 사람이 그렇게나 많아?" 술친구야 언제든 어디에나 있다. 빨주노초파남보 알록달록 알콜 인생인 것을. 이직을 해도 매체가 바뀌어도 한 곳에서 사람들이 그렇게 들고나도 술친구는 늘 있었다. 대한민국 어디에서든, 어떤 직종에서든 연령대를 불문하고 술 좋아하는 사람들은 도사리고 있고, 술꾼들은 필연적으로 만나게 돼 있으니까.

합법적으로(!) 술을 마실 수 있게 된 대학 시절부터 그랬다. 수업이 끝나고, 동아리 활동이 끝나고도 곧장 집으로 갈 줄을 몰랐다. 마쳐야 할 것을 마치면 양반이었지, 수업이 듣기 싫은 봄여름가을겨울의 숱한 그 날들마다 나에게는 술을 마실 핑계가 다채롭게 있었다. 그 핑계를 기꺼이 논리적 근거로 만들어줄 친구들도 함께였다.

시사지에서 기자 생활을 시작했을 때는 매체 속성상 늘 남자인 선배들과 함께였다. 소주, 맥주, 소맥, 양폭, 막걸리, 고량주 주종불문 잘 받아먹고 끝까지 앉아 있던 나를, 선배들이 앞다퉈 챙겨주는 택시비부터 받아 챙기던 나를, (이미 받았다 해도 굳이 또 챙겨주는 다음, 다다음 선배를 나는 마다하지 않았다. 선배사랑 나라사랑!) 꼿꼿하게 선배들 택시 착착 태워 보내던 나를, 선배들은 어디든 데리고 다녔더랬다.

나이 먹어가면서는 늘 후배들과 함께였다. 선배들은 점점 꼰대가 되었고 후배들은 날로 재밌어졌다. (나만 좋았을 가능성 물론 많다.) 같은 하소연도 후배 건 기꺼이 듣겠는데, 나보다 월급 만 원이라도 더 받을 선배의 자기 한탄은 듣기 버거웠다. 카드값은 지속적으로 올라갔지만 술 외 다른 활동들, 이를 테면 옷차림, 화장품, 언감생심 명품백 같은 부수적인 소비를 단출하게 하는 것으로 상쇄할 만했다. 놀아주는 후배들의 시간과 의지에 선배는 돈을 지불하는 것이 마땅하다.

직장 내 술자리의 변태, 아니 변화를 거치면서도 한 줄기로 관통해온 술은 늘 내 친구들, 특히 대학 친구들과 함께였다. 몸만큼 성장하지 못한 정신 상태의 변태, 아니 변화를 함께 해온 친구들. 이십 대의 질풍노도를 함께 좌충우돌 건너온 이들. 나보다 나를 더 잘 아는, 아니 나도 모르는 나를 아는 친구들. 쉽게 오해했다 어렵게 이해하고, 마냥 빈정 상했다 가까스로 회복하며, 시간의 더께를 차곡차곡 쌓아온 우리들. 그래서 내 친구들.

나와 내 친구들은 좀 별났다. 이미 대학 때 이렇게 술 처먹는 딸들을 기르느라 힘든 각자의 엄마를 아예 우리의 술자리로 불러 모았다. 이름도 지었다. '이모작', 2대 모녀들의 작당. 엄마 다섯과 딸 다섯, 총 열 명이 모여 홍대에서 4차, 새벽 3시까지 소맥을 말았다. 이모작은 딸들 없이도 지금까지 잘 유지되고 있다. 공유한 건 가족뿐만이 아니다. 나는 내 친구의 첫 직장, 두 번째 직장, 프리랜서 때, 세 번째 직장, 지금까지의 직장 동료들을 깨알같이 안다. 물론 내 친구도 나의 원투쓰리 선후배들과 함께 술잔을 기울인 적이 많다.

누구보다 많은 시간을 직장에서 함께 보내는 이들은 '직장 동료'라는 애틋한 이름으로 끈끈하다. 그들과 당장의 고민을 나누는 건 월화수목금 내내 필요했다. 깊이 실망해도 얕게 분노하면서 자주 함께일 수 있어 위로가 되는 동료들. 그러나 직장 말고 인생의 동지가 간절해지는 순간은 불시에 온다. 그럴 때 내게는 나도 모르는 나를 아는 친구가 간절하다. 한둘이면 족하다. 우르르 패싸

움할 나이도 아니고, 너와 내가 마주 앉아 나누는 술잔만으로 완벽하게 충만하다.

너와 함께여서 내가 나일 수 있는 순간. 무언가 더 기대하거나 덜 표현하지 않아도 되는, 세월만이 허락한 사랑 같은 것. 불합리한 인간이나 부조리한 상황에 대한 불평이 아니라, 불합리와 부조리 자체에 대해 각자의 생각과 해석을 나눌 수 있는 친구. 이 말 많고 탈 많은 페미니즘 시대에 비슷한 속도로 나아가고 있는 페미니스트 친구. 성별과 젠더에 대해 언제고 근원으로 돌아가 논의를 시작할 수 있는 여성이자, 성별과 젠더를 뛰어넘어 존재하고자 하는 인간. 어떤 정당에 후원을 하느냐는 변할 수 있어도 다만 절대 지지할 수 없는 정당 하나에는 함께 가장 단호한 친구. 그 외의 나머지 모든 것들에 대해서는 결코 장담하지 않는 우리.

술 마시는 친구. 술 취하는 친구. 취하고 실수하는 친구. 한 입으로 두말하고 자주 모순에 빠지는 친구. 말실

수 잔뜩 하며 지가 옳다 우기다가 다음 날 반성한다, 조 아리는 친구. 퇴보보다 그저 머무르는 게 더 싫은 친구. 개드립 소드립 말드립 뺌드립 십이간지 드립의 보유자, 나쁜 농담도 낄낄대며 나눌 수 있는 친구. 실컷 웃다가도 이 농담 두 번은 하지 말자, 정색하는 친구.

참고 참아서 일주일에 세 번 술 먹자고 연락하는 친구. 술 먹자는 거 아니야, 오늘 날씨가 술이지만 그래도 만 나지 말자, 퇴근하고 뭐해? 그냥 물어보는 거야, 술 먹자 는 거 아니래도, 구구절절 변명이 무한한 친구. 술 먹자 는 말 없이 술 먹자는 마음을 기꺼이 들키는 친구. 원래 마음이 더 큰 사람이 달려가는 법이라며 마포구청, 상암, 합정, 마곡나루 어디에서든 단 한 곳, 신사역 8번 출구로 달려오는 친구. 마음이 큰 친구. 가끔은 부담스러운 친 구. 꼭 나 같은 존재.

오늘도 친구는 날 만나러 달려온다. 오늘은 진짜 딱 2차 만 해, 3차 금지, 노래방 금지, 추가 인원 금지, 남발하며 달려온다. 우리는 해남집, 김이순장춘, 고성, 오라방, 골라잡아 2차가 거뜬하다. 근데 노래방은 술 깨는 데니까 3차는 아니잖아, 그치? 노래방 갔다가 진짜 딱 헤어져. 그럼 박땡땡도 부르든가. 오늘도 우리의 다짐 3종세트 가뿐히 깨버리는 친구. 나는 내 친구의 친구다.

# 스티브 잡스
# 너님 때문에!

　업무 능력을 판단하는 기준은 수없이 많을 거다. 기준에 못 미치는 게 대다수일 나지만, 출근력에 이어 한 가지 능력만큼은 누구에게도 안 뒤질 자신이 있다. 바로 칼퇴 부문. 인턴 시절부터 신입, 중간, 팀장에 이르기까지 나는 퇴근 시간에 퇴근하는 걸 눈치 본 적이 단 한 번도 없다. 그날 할 일 안 하고 튀는 거라면 눈치는 보고 튀어야겠지만, 그럴 필요가 명백히 없는 상황에서는 타고 나길 눈치 따윈 안 보게 태어났다. 시간 지나도 괜히 앉아서 누가 먼저 나가나 쌍심지 켠 선배, 부장, 심지어 대표보다 먼저 엉덩이를 떼는 게 한 개도 어렵지 않다.

　나의 칼퇴에는 나름의 근거가 있다. 일단 출근요정. 출근이 오락가락하는데 칼퇴 사수만 외칠 만큼 염치가 없진 않다, 내가. 그 다음, 사무실을 나간 이상 어떤 업무 연락도 안 받게 할 자신이 있다. 오늘까지 해야 하는 일은 마쳐 놓고, 원고 마감할 거 하고, 다른 부서에도 "더 이상 나를 찾지 말지어다!" 장렬히 전사, 아니 퇴근을 알리며, 퇴근 시간 1분이나 지났는데 앉아 있는 후배들한테도 "얼른 퇴근해라!" 꼬리 딱 자르고 나간다. 제일 먼저.

　긴 시간 공들여 해야 하는 일이라면, 며칠 전부터 칼퇴까지 열심히 달려서 마감 그날까지도 칼퇴를 하겠다. 노동 시간 이상의 일에는 그에 따른 대가가 주어지는 게 맞다. 시간만큼 일하라고 시간만큼의 돈만 준다. 그 이상을 일해야 할 근거는 초과수당 말고는 없다. 이 단순하고도 당연한 원리가 얼마나 하찮게 무너지고 있는지 생각해 보자. 칼퇴를 막는 건 차라리 심플하게 '야근수당 없음'

같은 명백한 선언도 아니고, 고작 이런 말들일 거다. "조직생활이라는 게 말이야." "직장 다니려면 말이지." 그러니까 "라떼는 말이야." 따위의 말들. 칼을 뽑았으면 무라도 썰라고 했다. '라떼' 정도는 가뿐히 베고 가자.

그런데 칼퇴 능력자에게 전에 없던 시련이 닥쳤다. 디지털 콘텐츠를 다루게 되면서 나의 소중한 퇴근 이후가 자꾸만 침범당했다. 이 문장을 쓰고 있는 지금도 나는 이 사태에 대해 매우 불만스럽다. 이런 식이다. 퇴근 후, 해남집에서 비단멸치 한 점에 소주 한 잔 기쁘게 걸치려는데 울린다, 까톡. 2차 가는 세로수길 골목에서 또 울린다, 까톡. 3차 순댓국 한 숟가락 후르릅 들이켜는데, 기어코 울린다 까톡. 만취해서 인사불성인데, 아직도 울린다 까톡. 이 모든 게 일 까톡이다. 와씨, 스마트폰 던져버릴까?

왜 다들 칼퇴를 하지 않는가? 왜 내가 퇴근한 다음에야 컨펌 요청을 보내는 걸까? 영상 편집자들은 왜 야밤에 편집본을 보내면서 수정 사항을 꼭 '지금' 말해달라고 하는가? 브랜드 확인이 필요한 영상이라 분명 아침 일찍 보냈는데, 실컷 뭉개다가 이 야밤에 A4 두 장 반짜리 수정 요청을 보내는 이유는 대체 왜 때문일까? 술꾼의 정당한 술 시간이 이렇게 방해받아서는 안 되는 법이다. 결국 질문은 한 가지로 귀결된다. 왜 나는 디지털 세상에 살고 있는가? 스티브 잡스, 너 아니 너님 때문에! 남탓 하다하다 고인 탓까지 가는 시추에이션.

일의 온오프가 확실했던 나는 디지털 세상에 살면서 오프 없이 온앤온이다. 칼퇴 후 술을 마시고 있더라도 퇴근 이후 실시간으로 업로드가 필요한 것들을 뭉갤 수가 없어서다. 브랜드에서 원하는 업로드 시간이 하필 저녁 여덟 시, 열 시… 막 중구난방이거나 자정을 기점으로 뭔가가 '짜잔' 출시됐거나 미국 시간으로 우리나라 새벽에 뭔가가 벌어졌다고 하니, 대한민국 시간으로 디지털을 살고 있는 누군가는 그 소식을 전해야 해서다. 황금 같은 주말에 사무실 문은 닫아도 인터넷 세상은 문턱도 없이 열려 있으니, 이 모든 디지털 콘텐츠에 대한 사람들의 반응을 고맙게도(?) 실시간으로 확인할 수 있으니, "퇴근, 끝!"이란 말은 소리 없는 아우성일 수밖에. 어쩐지 나는 좀 불행해진 기분이다. 스마트폰 던져버릴까?

일의 특성상 업무의 연장은 어쩔 수 없다는 거냐고 묻는다면 그래도 아니, 라고 답하겠다. 불행해져서 힘들다는 거냐고 묻는다면 여전히 아니, 라고 답하겠다. 직장 사수보다도 중요한 게 내게는 칼퇴 사수다. 나는 나의 칼퇴를 던질 마음이 추호도 없다. 스마트폰을 던져버리는 건 심각하게 고려하겠다. 나의 칼퇴 이후가 보장이 되지 않는 업무라면 업무의 진행 과정을 계속해서 조정하겠다. 칼퇴 이후 업무를 해야 한다고 어쩔 수 없이 사무실 컴퓨터 앞에서 뭉개는 짓은 안 하겠다. 디지털 세상은 우리에게 온오프를 앗아갔지만 다시 디지털 세상이라 칼퇴 이후 술자리에서도 뭔가에 대처할 수는 있다는 말이니까. 그러니까 아직도 나의 칼퇴를 못마땅해하는 상사가 있다면 "(바보야) 문제는 내 칼퇴가 아니라, 네 못마땅함 그 자체야!"라고 (존댓말로) 말하겠다.

칼퇴 능력자는 발목 잡는 업무들을 기꺼이 즈려밟고 칼퇴를 사수한다. 오늘 해야 할 일은 오늘 다 했고, 내일 해야 할 일까지 오늘 할 필요는 없으니, 나는 간다. 6시 30분, 다행히 제주 오라방 마지막 하나 남은 자리를 차지했다. 돔베고기에 한라산, 죽인다. (까톡) 제주식 순대에 한라산 두 병, 완전 최고지. (까톡) 그러니까 이제부터 업무 까톡 금지. (까톡) 내 빈 자리 보며 눈 흘기는 부장님, 그 눈도 금지. (까톡)

"우리 회사? 원래 부장 나갈 때까지는 퇴근 못 해."

아니다. '원래'가 어디 있나. '원래'로 치자면 일 더했을 때 추가수당 받는 게 '원래' 맞는 거다. 눈치 보는 사람 한 명이 눈치 보는 또 한 명을 낳는다. 그렇게 두 명, 세 명, 네 명… 앉아 있으니 사무실의 분위기는 금세 조직문화로 굳어진다. 주 52시간은 법적 제재의 상한선일 뿐이다. 원래는 주 40시간, 하루 적정 근로 시간은 8시간이다. 나의 칼퇴 사수를 충분히 이해해버린, 이제 칼퇴

전 컨펌에 온 힘을 다하는 우리 팀원들. 우리 함께 엉덩이 가볍게 일어나 칼퇴를 하자꾸나. 손잡고 나와서 한라산 같이 먹으면 더 좋고. 상온에 보관한 21도짜리로다가.

죽고 싶지만
가라오케는
가고 싶어

내내 차갑던 너도 오늘 잠시 뜨거운 날일 수 있으니까. 그 마음 풀데 없이 서성이고 있을지 또 모르니까. 당신이 백 번 거절해도 한번 함께일 수 있다면 나는 백한 번째 문자를 보낼 것이므로. 그러니 당부한다. "어서 온다고 말해!" 강요하는 것이 아니다. 백 번 거절해도 나는 정말 괜찮다고. 마음의 상처 하나 없이 말끔하니 마음껏 거절하라고. 거절할 줄 알아야 우리 만날 수도 있는 거라고.

# 강물은 흘러갑니다,
# 하아~

'제3한강교'는 한남대교를 지칭했다. 1979년 가수 혜은이의 노래 제목이었던 '제3한강교'는, 1984년 정식 명칭이 한남대교로 바뀌었다. 나는 한남대교를 타고 넘어오는 즉시 위치한 신사역 8번 출구의 한 가라오케에서 오늘도 부른다, 제3한강교를.

술을 먹으면 노래방으로 끝을 맺는 수순이 당연했던 이십 대를 지나, 한동안 노래방은 금연하듯 끊었던 시절이 있었다. 술이나 더 먹을 것이지 지인, 초면, 친구 면면 다채로운 멤버가 한 방에 갇혀 서로 가창력까지 들킬 필요가 있나, 멋쩍던 시절. 그 시기도 지나 삼십 대 후반, 이제는 노래방 멤버와 아닌 멤버가 명확히 구분돼, 멤버 모였다 싶으면 무조건 찍고 가야 할 곳이 노래방이 됐다.

언제나 첫 곡, 나의 십팔번은 딱 하나 명확하다. 혜은이의 제3한강교. 내가 태어나기 3년도 전에 나온 노래. 가수 뺨은커녕 무릎에나 닿을까 말까 하는 수준의 나지만 이 곡만큼은 뺨 한 번 건드리나 싶게 부를 수 있다. 순수 노래 말고 이 곡의 전매특허라 할 수 있는 추임새와 포인트를 기가 막히게 잡아낼 줄 알거든. 허어, 하 뚜룻 뚜룻뚜~~ 핫!

술집이야 그날의 기분 따라 입맛 따라 주종 따라 바꿔가며 돌아도 노래방만큼은 딱 한 곳이다. 바로 신사동에 근 이십 년을 마을 장승처럼 뿌리내리고 있는 샵노래방. 계단을 내려가면서부터 우리는 잔뜩 업된 상태로 "사장니임~~"을 외치고 사장님은 버선발로 우리를 맞으신

다. 차별 없이 일제히 널찍한 방. 들어서자마자 맥주가 사람 수대로 놓이고, 나는 혜은이의 제3한강교를 플레이한다.

전주가 시작됨과 동시에 하나의 의식처럼 하는 일이 있다. 탈의 아니, 신발 벗고 의자 위로 올라가기. 기본 한 시간에 서비스 이십 분, 서비스 십 분 더도 모자라, 추가 삼십 분, 다시 서비스 십 분. 두 시간을 넘게 노는 동안 의자에서 내려올 일은 좀처럼 없다. 중간에 화장실 가러 내려오는 건 아마추어지. 의자 위에 오르기 전, 이미 말끔히 비우고 와야 프로페셔널이다.

강물은 흘러갑니다, 하아~ 제3한강교 밑을
당신과 나의 꿈을 싣고서 마음을 싣고서
젊음은 피어나는 꽃처럼 이 밤을 맴돌다가
새처럼 바람처럼 물처럼 흘러만 갑니다
어제 다시 만나서 다짐을 하고
우리 둘은 맹세를 하였습니다

이 밤이 새면은 첫차를 타고

행복어린 거리로 떠나갈 거예요


허어, 하 뚜릇뚜릇뚜~~ 핫!


우리는 '쉬지 않고 바다로 흘러만' 가는 강물처럼 유연하게 움직이다, 끊어야 할 때 앙칼지게 핫! 하며 발로 허공을 가르는가 하면, 요가로 단련한 백이십도 허리재기로 "흘러만 갑니다아~" 하고 마무리할 줄 안다. 이 광경을 처음 본 사람들은 박수세례로, 익히 봐온 사람들은 변함없이 올 것이 왔다는 환호로 맞이하는 내 영혼의 십팔번, 제3한강교.


정색하고 생각해본 적이 있다. 텐션을 이토록 끌어올리는, 아니 자의인지 타의인지도 모를 사이 순식간에 찍어버리는 이 미친 텐션은 대체 왜 때문에 나오는 걸까. 평소에 한이 많은가? 빽 소리 지르고 뛰쳐나오고 싶은 순간을 하루에도 열두 번 감내하는 직장인이라서? 묵묵히, 잠자코, 조용히, 알아서, 뭐 이런 부사가 미덕인 곳이 회사라서? 아니면 그냥 음주가무가 숙명이니까? 나 한 때는 스텝 좀 밟았으니까? 각종 장기자랑 때 무대 맛 좀 본 사람이거든, 내가?

그래, 이것들 모두 때문이다. 음주가무를 숙명으로 갖고 태어나 학예회부터 대학 동아리까지 '무대는 내 친구'였는데, 어느덧 직장인이 되어 어디 가서 마음껏 소리치고 리듬 탈 일 하나 없는 내가 달리 찾아갈 곳이 노래방 말고 어디 있겠냐, 이 말이다. 평균 주 4회 음주에 주 1~2회 노래방이라고 카운트한다면, 나의 노래방은 엄연한 취미생활이다. 음주는 생활이요, 노래방은 취미. 어떤 이들이 살사나 탱고를 배우고, 폴댄스를 타고, 줌바니 재즈댄스니 방송댄스니 추러 갈 때 나는 곧 죽어도 노래방을 가는 것이다.

"강물은 흘러갑니다, 하아~" 첫 소절에 초면인 사람과도 탱고 청하듯 얼싸안을 수 있고, 두 시간 넘게 현란한

스텝부터 헤드뱅잉까지 자유자재 움직이니 땀 쭉 빼는 줌바댄스 저리 가라다. 가수 무릎에도 못 미칠 가창력으로 내 노래 실컷 불렀으면 남의 노래 감상하며 박수 보낼 줄 아는 매너를 기르고, 노래 가사가 새삼 시 한 편 못지 않으니 인문학적 소양마저 쌓을 기회다.

"넌 취하면 꼭 노래방 가더라? 쯧쯧" 혀를 찰 게 아니라는 말이다. 술만 먹으면 노래방 가는 구제불능이 아니라 술을 아무리 먹어도 나의 취미생활을 놓치지 않는 매우 근면한 '취미생활러'라는 뜻이다. 82년생인 나의 최애창곡은 79년 작 제3한강교. 미친 텐션으로 향하는 다음 노래 역시 같은 가수의 85년 작 '열정'이다.

안개 속에서 나는 울었어

외로워서 하~한차암을 울었어

**(아임 크롸잉 베이비)**

사랑하고 싶어서 사랑받고 싶어서

**(아 워너 러뷰 베이비)**

만나서 차 마시는 그런 사랑 아니야

전화로 얘기하는 그런 사랑 아니야

웃으며 안녕 하는 그런 사랑 아니야

가슴 터질 듯 열망하는 사랑

사랑 때문에 목숨 거는 사랑

같이 있지 못하면 참을 수 없고

보고 싶을 때 못 보면 눈멀고 마는

활화산처럼 터져 오르는

그런 사랑~ 그런 사라앙~


가슴 터질 듯 혜은이를 열망하는 노래방의 하루가 흘러간다. 제3한강교 근방의 신사역 샵노래방 104호. 죽을 만큼 힘든 하루도 저기 노래방 의자 밑에 벗어 놓은 신발처럼 흘러가는 강물처럼 잊혀간다. 강물은 흘러가니까, 바다로 쉬지 않고 바다로. 하아.

# 보고 싶은 얼구을,
# 오라 그래

휴대폰을 만지작거린다. 지금 이곳에 없는 이름들이 뭉개뭉개 피어오른다. 그들의 면면이 스쳐간다. 어디서 무얼 할까, 누구와 술을 먹을까, 호기심이 증폭된다. 여기저기에 까톡을 뿌려본다. 뭐해? 어디야? 두 글자, 많아도 세 글자면 충분하다. 아는 사람은 안다. 이 짧은 물음에는 '지금 내가 너에게 가겠다'는 굳은 의지가 듬뿍 담겨 있다는 것을.

술이 어느 정도 되었다 싶을 때 그 정도를 파악할 수

있는 지표가 몇 가지 있다. 그중 강력한 하나가 이거다. 누군가를 자꾸만 부르고 싶어지는 마음. 대략 밤 아홉 시에서 열 시, 어디에나 있을 나의 술친구들에게 울리는 발신자 성영주의 까톡. 내가 아는 그가 내가 모르는 이들과 있다 해도, 나와 함께 있는 이들이 그에게는 영 초면이라 할지라도, '무조건 합류'를 부르짖는 인류애적 외침. 네가 누구든, 얼마나 멀리 있든 "오라 그래!"

아무나 부를 순 없다. 술이 취해도 큰 결례 범하지 않을 이들의 리스트가 이미 정리돼 있다. 민폐 정도로 선별해온 세월이 서른 하고도 육칠팔구다. "뭐해?" "어디야?" 문자에 바로 답이 오면 이미 팔 할은 성공, 답장도 필요 없고 전화부터 오면 백프로다. 오를 대로 오른 흥, 합류 의지 충만하다는 신호 같은 것.

까톡을 읽지 않거나 읽씹이거나 혹은 단칼에 "집이야" 하는 반응이라면 두 번 안 묻고 물러난다. 질척대는 건 딱 질색이다. 술꾼으로 태어나 술꾼으로 살아올 수 있었던 건 큰 꼬장 없는, 쓸데없이 우기지 않는, 말 잘 듣는 술꾼이어서 가능했다. '그렇게 각자의 2차, 3차'를 거쳐 당도하는 곳. 샵노래방 104호 문을 열고 하나둘씩 들어오는 반가운 얼굴들.

음주와 가무가 각개전투로 벌어지는 이곳에서 초면의 어색함이란 내비칠 자리가 없다. 오자마자 그의 한 손에는 맥주 한 캔이, 다른 한 손에는 마이크가 들려지고 사방에서 어깨동무 날아든다. 낯가림이란 무엇인가. 보고 싶은 얼굴이든, 본 적 없는 얼굴이든 지금 이곳에서 모두 '봐야만 했던' 얼굴들이 된다.

그나마 아는 사람을 불러내는 건 양반이다. 흔히 이십대 때 타올랐다 흔적 없이 꺼진다는 헌팅의 불길이 서른 넘어 찾아온 적이 있다. 그날에 나는 이미 오후 네 시부터 낮술, 여덟 시에 만취한 일행을 집으로 돌려보낸 상태. 술이 좀 모자랐다. 마침 퇴근하던 친구가 달려왔고, 해장국에 소주 한 병을 더했다. 소주로 입술만 적신 친구는 강력하게 2차를 원했고, 술은 이만큼 됐으나 귀가 시간이 됐을 리 없는 나는 콜을 외쳤다.

우리는 호프집도 아닌 것이, 그렇다고 경양식 집은 더더욱 아닌 묘한 분위기의 '피카소'라는 맥줏집에 들어섰다. 오백 한 잔씩 마시며 도란도란 이야기가 오가던 가운데 나는 이미 3차, 친구는 고작 소주 반 병, 우리의 음주 농도는 판이했다. 친구의 이야기가 한 귀로 들어오기도 전에 자꾸만 다른 귀로 흘어졌고, 내 시선은 마침 뒷좌석의 남자 둘에게로 자주 멈췄다.

하필 쪽수(?)가 맞았으니 나는 은밀하게 제안했다. "여기 뒤 테이블 합석하자고 해볼까?" 서른을 한참 넘은 내 친구는 십수년 만에 찾아온 헌팅 제안에 나잇값이라도 치르듯 당황해했다. 나는 알아챌 수 있었다. 싫진 않고, 다만 쪽이 좀 팔리는 눈치. "네가 해라, 난 못 한다." 당연히 내가 한다. 더 이상의 용기를 장착할 필요도 없이 용감했던 나는 상체만 뒤로 튼 채 한마디를 던졌다. "금방

152

나가실 거 아니면 같이 한 잔 하실래요?" 딱 봐도 서너 살 스펙트럼의 동년배, 넥타이 부대의 두 남자는 나대지 않고 반색할 줄 알았다.

그날 그 자리에서 정확히 무슨 이야기를 나눴는지 모르겠다. 심지어 그들의 나이나 이름조차 기억에 남아 있지 않다. 당연한 듯 예의인 듯 이름과 나이부터 묻는 그들에게 "그런 게 뭐 필요한가요? 오늘 알아도 다시 기억할 일 없을 텐데." 단도리부터 쳤으니까. "그보다는 지금 이 시간이 중요한 거죠." 오늘만 사는 여자의 이 말에 그들은 처음보다 더 기뻐했다. 이 얼마나 성숙한 헌팅의 현장인가!

우리는 맥줏집에서 나와 다음 차로 향했다. 데킬라 쾅 쾅 슬럼해 몇 잔을 마셨는지, 열 잔 이후는 셀 필요도 그럴 정신도 없었다. 그 와중에 또 몇몇의 '보고 싶은' 후배까지 헌팅 대열에 합류, 2대2의 판은 더욱 아름답게 커졌고 그렇게 그날의 저녁 열 시 이후는 서로의 신상정보

와 함께 삼성동 어느 바에 영원히 묻어둔 채 끝이 났던 것 같다, 아니 같았다. 다음 날의 풍경은 각양각색이었다고 한다.

현관문을 끝내 넘어가지 못한 채 허리 아래는 신발장에, 허리 위는 거실 쪽에 누운 채 눈을 떴다는 분. 신발을 끝내 벗지 못해 한쪽은 맨발인데 다른 한쪽에는 흰색 앵클부츠가 실로 예쁘게 신겨져 있었다는 분. 높낮이가 다른 문턱에서 밤을 새야 했던 허리가 엄청난 고통을 호소하고 있었으니. 아름다운 헌팅 뒤 아침 몰골은 이토록 참혹했다는 후문. 물론 어제의 용사가 모두 이렇게 집에서 발견된 것은 아니었다. 그중 여남 두 명은 모텔에서 함께 눈을 떴다고. 일단 다행히 '땡땡모텔' 아니고 집에서 발견된 한 분. 자취방에 그날 간만에 손님(?)을 들였다는 분도. 이 중 무엇이 내 경우였는지는 여러분의 상상에 맡기겠다.

월드피쓰, 강강수월래, 합류는 물론 좋은 말이지만, 실천하는 데는 분명 각자만의 온도가 있다. 내가 유독 뜨거운 쪽이라는 것도 안다. 남녀노소, 국적, 인종, 초월할 수 있는 모든 것을 초월해 거의 용접 수준으로 녹아드는 편이니까. '하다하다 헌팅까지 하느냐' 혀를 끌끌 차는 당신이 있다는 것도 알고 있다. 다만 나와 온도가 다른 당신에게도 나는 묻는다. "뭐해?" "어디야?"

내내 차갑던 너도 오늘 잠시 뜨거운 날일 수 있으니까. 그 마음 풀 데 없이 서성이고 있을지 또 모르니까. 당신이 백 번 거절해도 한 번 함께일 수 있다면 나는 백한 번째 문자를 보낼 것이므로. 그러니 당부한다. "어서 온다고 말해!" 강요하는 것이 아니다. 백 번 거절해도 나는 정말 괜찮다고. 마음의 상처 하나 없이 말끔하니 마음껏 거절하라고. 거절할 줄 알아야 우리 만날 수도 있는 거라고.

나만 뜨거워도 괜찮다. 각자의 온도는 함께일 때 적당히 따스해질 테니. 오라, 못 오면 다음에! 오늘도 나의 보고 싶은 얼굴들 모두 안녕하기를. 근데 지금 뭐해?

어디야?

# 알콜의 빠떼리가
# 다 됐나봐요

"안주가 정~말 좋네요."

이 단순한 멘트로 웃음을 산 적이 있다. 제주의 한 작
은 바닷가 마을. 프랑스 코스 요리를 소박하게 선보이
는 레스토랑을 방문한 적이 있다. 낮이었고 운전을 해야
할 일행은 술을 먹지 않았다. 나는 당연히(?) 와인 한 병
과 함께 점심 코스를 즐겼다. 메인요리를 내오며 셰프가
"식사는 입맛에 맞으세요?"라고 물었을 때 나는 실로 황
홀한 듯 내뱉었다. "아휴, 안주가 너무 좋네요." 일행은

멋쩍은 듯 "야, 안주가 뭐냐, 안주가~" 하며 웃었고, 셰프는 "왜요, 좋은데요." 하면서도 푸핫 웃음을 터뜨렸다. 나에게는 진심을 다해 우러난 칭찬이었는데, 왜? 뭐?

내게 식사 메뉴를 떠올리는 건 필시 술을 떠올리는 일이다. 술은 무조건 반주에서 시작하니까. 그러니까 식사, 특히 저녁 식사의 메뉴는 당연히 밥보다는 안주가 된다. 오늘 주종을 무엇으로 할 것인지 결정하는 동시에 안주가 결정되는 식. 어떤 안주에 어떤 술을 매치할 것인가. 이처럼 설레는 일이 또 없다.

술꾼의 이러한 쳇바퀴적 술 식사에 그러나 대 위기가 한 번 찾아온 적이 있다. 나는 아무리 죽을 것 같은 숙취로 괴로워도 "다시는 술 안 먹어."라든가 "술이라고는 꼴도 보기 싫다." "내가 다시 술 마시면 사람 새끼 아니다." 같은 섣부른 다짐은 애초에 안 하는 쪽이다. 지금 당장 나빠 보여도 금세 또 "이 좋은 걸, 어떻게 안 먹냐"며 들이킬 걸 내가 제일 잘 아니까. 술에 대한 사랑은 빠떼리다는 줄도 모르고 맹목적이었으니까. 그러나 이건 실제로 빠떼리 복구 불능 될 뻔한 이야기다.

고등학교 때 내내 붙어 다니던 친구가 대학 졸업도 전에 제주도로 시집을 간 사연. ('시집을 갔다'고 표현해야 마땅할 결혼이었다.) 다섯 살 연상과 질주하듯 속도위반을 해버리는 바람에 서둘러 결혼하고 제주도에 살림을 차렸다. 그 친구를 만나러 혼자 제주에 내려간 적이 있다. 고작 스물넷의 친구는 낯선 제주의 단칸방에서 혼자 아이를 키우고 있었다. 몇 년 만에 그렇게 상봉한 우리는 섣불리 불행했고, 실컷 슬펐다. 3박 4일 동안 아침부터 새벽까지 내내 술을 마실 이유가 충분했다는 말이다.

술 먹고 울고, 조금 깼다 싶으면 들이붓고 취해서 또 울었다. 아무리 스물넷의 쌩쌩한 장기도 그쯤 되면 화들짝 놀라는 게 정상일 터. 곧 죽을 것 같은 숙취를 온몸에 달고서 나는 겨우 서울행 비행기에 올랐다. 이륙부터 착륙까지, 단 한 번의 움직임도 없이 죽은 듯 앉아서. 잠깐이라도 고개를 틀거나 어깨가 부딪히거나 하는 가벼운 행동만으로도 내 안의 뭔가 엄청난 것이 바깥세상으로 '까꿍,' 아니 '와르르' 할 것만 같았기 때문에.

착륙하는 동안 엄청난 인내로 내 안의 것들을 누르고 있었다. 식은땀이 줄줄 났다. 비행기가 활주로에 내리고 사람들이 대부분 빠져나간 상황. 더 이상 참을 수 없었던 나는 일어나 화장실로 질주했다. 화장실 앞에 있던 승무원은 시퍼래진 얼굴로 화장실을 향해 입틀막 하고 뛰는 승객의 몰골에 적잖이 당황한 것 같았다. "괘…괜찮으세요?"라며 나를 향해 팔을 뻗은 그에게 내가 뱉고 싶었던 건 "비키세요."라는 말이었으나 말 대신 토사물이 나와버리고 말았다. 비행기의 바닥과 승무원의 옷가지의 상태는… 더 이상 설명하지 않겠다. (죄송했습니다..)

내 안의 뭔가가 크게 잘못 됐다고 느껴졌다. 공항에 내리자마자 5만 원가량의 택시비를 아끼지 않고 집으로 기다시피 갔고, 아무것도 먹지 못한 채 종일 누워서 버텼

다. 술병이려니, 개중에도 지독한 술병이려니 하면서. 그 날 새벽 나는 잠 한숨 못 자고 침대에서 데굴데굴 구르며 스물넷 생전 처음 겪는 고통에 시달렸다.

술꾼의 특징 하나로 치자면 고통에 익숙하다는 점인데, 애주 소설가 권여선 작가가 말했듯 "술 먹은 다음 날 꼭 죽을 것 같은 숙취를 견디는 사람들"이기 때문이다. 나는 스물넷에 숙취가 이 정도로 고통스러울 수 있다는 사실을 체감하며 견디고 견뎠다. 내가 들이부은 술 탓이로다, 고로 다 내 탓이로다….

그렇지만 끝내 버틸 수 있는 고통이 아니었다. 허리를 펴고 앉을 수도 없이 배 속이 온통 아팠다. 자는 엄마를 깨워 엄중한 목소리로 말했다. "엄마, 응급실 가야 할 것 같아." 엄살 없는 딸의 근엄한 목소리에 엄마는 두말없이 일어나 나를 데리고 응급실에 당도했다. 수면 내시경이 일반적일 때도 아니었다. 목구멍으로 내시경 카메라 들어오는 고통쯤이야, 나는 생짜로 견뎠다. 내시경이 나의 위를 비추는 동안 내 머리 위에서 환성 비슷한 게 터졌다. "보이세요? 어머님? 이게 다 피예요, 피!"

급성 위출혈이었다. 내 위를 뒤덮은 거뭇거뭇한 자국들이 모두 피였다. "이걸 대체 어떻게 견뎠어요? 너무 아팠을 텐데." 뭘 먹었냐는 의사의 물음에 3박 4일 술을 먹었다고 했다. 의사는 고개를 크게 끄덕이며, "담배도 많이 피우죠?"라고 물었다. "아뇨, 안 피워요." 내 답에 놀란 듯한 의사는 이어 내 술꾼 인생 최고의 명언이 될 말을 남겼다. "영주 씨는 술 한 가지로 술, 담배 다할 만큼 위를 버렸네."

그렇다. 나는 술 하나로 올킬시킨 여자다. 급성으로 온 위출혈로 이후 3일을 보리차와 간 하나 안 친 흰 미음만을, 다음 일주일간은 흰 죽만 먹으며 버텨야 했다. 그 다음 일주일, 간신히 간이 살짝 들어간 죽도 먹을 수 있게 되면서 차차 회복했다. 덕분에 술꾼 인생 처음이자 (지금까지) 마지막으로 나는 한 달이라는 긴 기간 동안 술을 입에도 대지 않았다. 평소 잘 먹지도 않던 초코파이, 피자, 치킨은 먹고 싶어도 술 생각은 전혀 안 났다. 고통이라는 게 사람을 이렇게 피폐하게 만드는구나, 처절하게 깨달았다.

3박 4일 술 먹다 위에 피를 철철 흘려본 자. 술 하나로 담배 합류해 망칠 위까지 다 버려본 자. 술에 대한 맹목적 사랑에도 '빠떼리' 다 됐을 법한, 마땅히 술은 이제 '빠빠이' 하고도 남을 경험. 지금쯤 말끔한 간으로 흰 도화지 같은 삶을 살고 있을 법한 체험, 술의 현장. 그러나 나는 술을 떠나보내는 대신, 만성위염을 달고 사는 술꾼이 되었다.

술 먹다 위에 피나본 자로서 나는 이제 위의 위험신호를 기가 막히게 알아차릴 줄 아는 술꾼이 됐다. 3~4일 연달아 무리했을 때, 궁합 별로인 안주에 술 먹었을 때 위통을 동반한 신호가 오는 것이다. 그럴 때 나는 바로 주치에 들어간다. 술 욕심, 음식 욕심 모두 내려놓고 죽

먹고 3일, 술을 쉰다. 그러면 위가 다시 말끔해지면서 전처럼 술을 먹을 수 있게 된다. 나는 이렇듯 자가 조치가 가능한 술꾼으로 자라났다. 내가 자랑스럽지 않을 이유가 하나도 없다. 술에 대한 내 사랑의 빠떼리는 오늘도 충전 백프로.

# 어쩌다 마주친
# 후배님 눈빛에

잊지 못할 메일 한 통을 받았다. 본의 아니게 회사를 떠나게 된 기자 선배의 메일. 수신인은 회사의 전 직원. 기자 직군은 물론이요 인사팀, 재무팀, 운영팀, 관리팀 그리고 대표까지 회사의 전 부서, 말 그대로 전 직원을 대상으로 쓴 글이었다.

"직접 마무리 인사를 해야 도리이나 사정상 메일로 대신하고자 합니다. 아시겠지만 작년 저는 편집장으로 익하다 출산휴가 중 다른 직원이 제 자리에 발령

받는다는 소식을 전해 들었습니다. 그리고 여러 과정을 거쳐 결국 회사를 떠나기로 결정했습니다.

이런 일들을 겪고 회사를 떠나게 될 줄은 예상하지 못했지만 여성의 목소리를 대변하고 긍정의 메시지를 전하는 매체에서 좋은 팀원들과 함께 부끄럽지 않게 일할 수 있었음은 자랑스럽게 생각합니다.

마지막으로 여성 동료들이 대부분인 이 회사에서 여러분이 변화의 가능성을 당당하게 만들어가기를 바랍니다. 그리고 자신의 맡은 바를 성실히 해내고 있는 모든 직원들, 특히 여성 직원들에게 응원과 연대의 메시지를 보냅니다. 어디에선가 다시 만날 때는 더 밝은 얼굴이기를 바랍니다."

짧은 글이었다. 가슴이 뜨거웠고, 입맛은 썼다. 이미 십여 년 전부터 '사양산업'이라는 딱지가 붙은 잡지의 현실을 이렇게 마주한다는 것이 썼고, 누구를 탓하기보다 자신을 긍정하고 후배들에게 '응원'과 '연대'를 보내는 선배의 태도에 가슴이 뜨거웠다. 실로 오랜만에 영감이라는 걸 받은 것 같았다. 직장에서도 '함께' 성장할 수 있다고 호기롭게 말했지만, 실은 이미 포기해버렸을 이들을 더 많이 만났다. 선배의 선배다움을 목격하는 일은 언젠가부터 쉽지 않았다. 오히려 '나는 저러지 말아야지'라는 생각을 박힌 못을 내려치듯 계속해서 했던 것 같다.

그 와중에 마주한 선배의 메일. 어떤 변화도 일으킬 힘이 없는 저 메일을 온 힘을 다해 눌러 썼을 선배의 의지에 나는 어느 때보다 큰 힘을 얻었다. '힘내'라는 말에는 아무런 힘이 없지만 '힘내'라는 말조차 사라진 곳은 얼마나 척박한가. 어느새 이곳이 그리 척박해져가고 있던 게 아닐까, 상기했다.

한 번 더 인용하자면 서너 번의 사주풀이에서 공통적으로 나온 말이 있다. 내 눈에 존경스러운 상사는 없다는 것. 사주풀이가 대체 뭐라고 싶지만 무시할 수도 없었다. 나는 선배를 존경은커녕 자주 '평가'했었다. 그 잣대역시 후배를 대할 때보다 훨씬 더 박했다. 그들의 능력을의심할 때도 있었고 인성에 갸웃했던 적도 잦았다. '저러지 말아야지 쯧쯧' 하는 시선으로 자신을 바라보고 있다는 것을 못 느낄 리 없는 선배들에게 나는 당최 예뻐하기 힘든 후배였을 거다.

연차가 더해질수록 자주 곱씹게 되는 게 있다. 나에 대한 평가는 상사보다 후배 사이에서 늘 더 가혹한 법이라는 것. 다름 아닌 내가 그리 혹독한 후배였으니 말이다. 나이가 들고 후배들이 많아질수록 두려워해야 할 것은상사의 호통보다 후배의 평가라고 생각한다. 누구나 알고 있듯 선배는 당연히 신이 아니다. 가제트 만능팔을 가지고 있는 것도 아니다. 뭐든 해결해주는 해결사 역시 아니다. 다만 먼저 '선' 자를 쓰는, 앞서간 사람. 선배에게단 하나의 의무가 있다면 뒤에 오는 이들에게 지금보다좀 더 나은 환경을 제공하는 일이라고 나는 생각한다. 당장은 요원해 보여도 내내 치열하게 매진할 일은 내 업적 쌓기나 승진보다는 후배의 나아짐에 대해서라고. 그게 아니면 선배의 '선' 자에서 어떤 의미를 발견할 수 있을지 나는 잘 모르겠다.

내게는 어쩌면 처음일지 모를 경험이었다. 메일 속 선배의 메시지. 그 안에 '응원'과 '연대'라는 단어. '저러지 말아야지' 말고 '저럴 수도 있구나'라고 느낀 몇 안 되는 경험이었다. 아무도 요구하지 않은, 오히려 저 윗분들이 불편해할 만한 메일을 군이 전 직원에게 날린 행위는 그 자체로 '먼저 선'을 쓰는 자의 책임감 같았다. 척박한 땅에서도 새싹은 피어난다고 멀리서나마 보내주는 격려이자 지지 같았다.

후배들에게 지금의 나는 어떤 존재일까. 언제나 멋지면 참 좋겠는데 그럴 리는 없다. 불평하는 후배에게 '니일이나 똑바로 하고 얘기하라'며 쳐낸 적도 있었다. 다 그렇게 사는 거라고 합리화하며 상사에게 손바닥 비비던 순간도 없지 않았을 거다. 이렇게 부끄러운 기억들이 때때로 쳐들어온다. 부족한 인간으로서 그나마 할 수 있는 건 자기반성 그리고 응원과 연대이겠다.

누구에게나 좋은 사람은 없다. 불가능할뿐더러 불필요한 일일지 모른다. 그러나 직장 안에서 좋은 선배가 되는 것은 추구할 만한 일이라고 나는 생각한다. 중간관리자가 되고 나서는 더 그렇다. 각자의 일만 해내면 될 때에야 '니 일이나 잘하라'는 핀잔이 쉬울지 모른다. 하지만 누군가의 일을 지휘도 해야 하는 자리에서 무턱대고 '각자 알아서'를 요구할 수는 없는 일이다. '나는 잘하고 있는지'를 묻고 답하는 데 하루 일과 대부분을 할애해야 했다. 그럴수록 자꾸 주목하게 되는 곳은 위보다 아래쪽이었다. 아래에서 지켜보는 눈이 훨씬 더 따가운 건 두말하면 시간낭비.

좋은 선배 되기를 너무 쉽게 포기하지 않으면 좋겠다. 하물며 회사를 떠나며 보내는 응원과 연대의 메일 한 통으로도 훌륭한 선배가 될 수 있다. 상사 눈치 말고 후배 눈치 보느라 힘든 이들이 더 많아지면 좋겠다. '나는 저러지 말아야지' 혀를 끌끌 찰 때의 나를, 선배가 되어 다시 한 번 곱씹어보면 좋겠다.

오늘도 몇 번이고 이 말이 떠올랐다. '나는 저러지 말아야지.' 자칫 하면 내가 그러고 앉아 있을지도 모른다. 좋은 선배가 되는 길은 겁이 날 만큼 멀고, 게다가 가시밭길이다. 다만 나는 그걸 포기할 생각이 없다.

# 따악
# 한 잔만 더!

맘껏 떠드는 우리끼리 손잡고, 함께 떠들며 더 멀리 더 넓게 나아가면 좋겠다. 나는 그저 여성인 당신과 손잡고 싶다. 더 많은 이들이 자신의 일상이 존중받기를 바라며 여성 아닌 당신에게도 손 내밀고 싶다. 여성이 아닌 당신도, 따라서 모두가 여성이 될 수 있다고 믿는다.

# 나, 하나도
# 안 결백하다

　　"지혜 씨~ 한우 받고 남편 자랑~

　　민호 씨~ 한우 쏘고 자기 자랑~"


　　아침 출근길에 라디오를 들을 때마다 나오는 광고 속
노래 가사다. 한우자조금관리위원회에서 광고로 만든
이른바 '한우송.' 귀에 착착 감기는 리듬에 단순 명료한
가사로 한 번 들으면 누구나 술술 흥얼거리게 되는 노래.
나는 이 노래가 어느 순간부터 불편해지기 시작했다. 이
유는 이렇다.

누가 봐도 지혜 씨는 여자임에 틀림없고, 남편이 사준 한우를 받고서 남편 자랑을 한다. 누가 봐도 남자인 것 같은 민호 씨는 비싸고 맛있는 한우를 쏜 자기 자랑을 한다. 나는 자연스럽게(!) 이런 의문이 들었다. 지혜 씨는 왜 남편이 사준 한우를 받고서 남편 자랑을 하는 존재로 그려졌을까. 한우를 쏠 만큼 성공해 자기 자랑을 하는 건 왜 꼭 남자인 민호 씨여야 했을까.

가사 속에서 행위의 주체는 모두 남자다. 한우를 '준' 사람도 한우를 '쏜' 사람도 다 남자. 나는 이게 너무 뻔해서 좀 시시했다. 서사의 주인공은 남자라는 자연스러운(?) 설정, 성 역할에 대한 고정관념을 그대로 반영한 가사에 자꾸만 '딴지'를 걸고 싶어지는 거다.

한우가 먹고 싶으면 내 돈 주고 사 먹는 일이 대부분이다. 특별한 날 친구, 후배, 가족, 지인에게 (아주 가끔) 쏘기도 한다. 개중에는 나한테 얻어먹은 민호, 세열, 정우, 퍄서… 남자들도 그득하다. 내가 한우를 얻어먹은 가장

강렬한 추억도 여자인 친구가 만들어줬다. 울적한 나를 불러내 좋은 데서 와인에 한우 사 먹이며 제대로 위로해 준 친구. 그러니까 "영주 씨~ 한우 쏘고 자기 자랑~ 민호 씨~ 한우 먹고 아내 자랑~"이었다면 어땠을까.

참 별거 아닌 것 갖고 딴지다. 코웃음 치는 이들이 당장 내 주변에만도 여럿이다. 별거 아닌 것 갖고 딴지 거는 거? 맞다. 불과 수년 전의 나라면, 아~무 불편 없이 노래를 따라 흥얼거렸을 거라는 것도 팩트다. 그런데 이제와 나는 이게 단박에 불편해져버렸다. 다른 상상을 자꾸만 하게 되어버렸다. 당연한 게 당연하지 않아질 때, 마땅히 그러하다고 여겼던 것이 마땅하지 않을 때, 없던 질문이 생겨날 때, 변화라는 건 시작된다.

누군가의 고정관념은 하도 고정적이어서 자꾸 균열을 내지 않으면 오히려 더 굳건히 뿌리를 내리기도 한다. 뿌리가 크고 깊어서 단번에 뽑히지는 않을 가능성이 높다. 나는 그 뿌리를 흔들어보는 사람들이 더 많아졌으면 좋겠다. 없던 질문이 생기면 불편해질 일이 많아지겠지만 불편하다고 불쾌한 건 아니라는 것을 알았으면 좋겠다.

요즘 거의 모든 술자리에서 나는 딴지를 거는 사람이다. "여자들은 좀 그렇잖아, 감정적이고~"라고 말하는 여자에게 그냥 흘려보내도 될 것을 "여자가 다 그런 게 어디 있어?" 하고 굳이 막아서는 거다. 어쩌다 변진섭의 '희망사항'이 들려올 때면 '남자 사귀려면 청바지 잘 어울리고, 밥을 먹어도 배 안 나와야 되고, 재미 더럽게 없어도 웃어주는데, 김치볶음밥까지 잘 만들어야 돼?'라는 생각에 화가 난다. 남자들끼리 "무슨 남자가 술 먹고 우냐, 창피하게."라고 할 때 "그러니까 말이야. 나도 술 취해서 울고 싶어질 때마다 다짐하거든. 에이 무슨 여자가 이렇게 쉽게 울어? 꾹 참아, 여자답게."

남녀를 대표하는 특징이 전혀 아닌 것을 꼭 대표성으로 얘기할 때 정정하고, '빨은' 노래 가사는 잘근잘근 곱씹는다. (요상한 가사 정말 많다.) 성에 대한 고정관념을 담아 말할 때 뒤집어 미러링을 해본다. 뿌리 흔들기. 이 정도에서 그칠 수 있으면 아름답다. '페미니스트'라는 말이 내 입에서 나오는 순간, 그때부터 나는 한참 부족한 일개 페미니스트로서 페미니즘의 역사부터 현상, 이슈와 논란까지 다 증명해내야 하는 처지에 놓인다.

설득당할 생각이 전혀 없는 이들을 설득하려다 진을 쪽 빼고 나면 결국 이 질문이 날아든다. "넌 뭐 그렇게 결백하냐?" 아니, 나 하나도 안 결백하다. 결백해서가 아니다. 이미 알게 된 걸 다시 모르기란 불가능해서 그렇다. 도무지 이해 안 될 상황을 해석할 언어를 얻으니, 그렇게 표현하다 보니 자꾸 더 질문한다.

물론 나만 불편하면 될 일일지도 모른다. 말 통하는 우리끼리 그냥 지지고 볶으면 될 일일지도 모른다. 세상 다 거기서 거기고 사람 쉽게 안 변한다는 것도 안다. 근데 나는 굳이 없는 데서도 희망을 찾아내고 싶어지는 거다. 아무 소용없을 거라고, 술 깨면 기억도 안 날 거라는 걸

알면서도 술 먹은 나는 세상이 쉽게 희망차 보이는 거다. 어쩌면 나는 인간에게 희망을 버리지 않기 위해 술을 먹는 건지도 모르겠다. 아니, 너무 거창했다. 술 먹으며 희망을 찾는 내가 조금은 덜 시시하게 느껴지기 때문인지도 모르겠다.

훌륭한 사람이 된다는 건 인구 전체를 통틀어 매우 희박한 경우다. 대부분의 훌륭하지 못한 인간들이 각기 살아갈 이유를 찾아야 할 텐데, 나에게는 그것이 덜 시시한 인간이 되고자 애쓰는 것이다. 읽고 보고 느끼고 생각하고 글이든 말이든 뭐로든 표현하는 행위가 내게는 삶을 나름 의미 있게 만들고자 하는 분투다.

나이를 먹는다는 게 자위하듯 괜찮은 일이 아니라 진심으로 좋은 일이면 좋겠다. 내게는 그게 스스로 나아지고 있다고 믿는 날들을 하루에서 이틀, 사흘, 한 달, 자꾸만 더해가는 일이다. 그 기준이 너그러워지는 게 아니라 점점 더 날카롭고 정교해지는 것이다.

앞으로 나는 얼마나 더 불편할 것인가, 벌써부터 두렵다. 두렵지만 나는 이전으로 돌아갈 수 없다. (권김현영의 책 제목 《다시는 그전으로 돌아가지 않을 것이다》에서 따왔다.) 몰라서 편했던 때로는 돌아가고 싶지 않다. 나는 계속해서 나의 나아짐의 기준을 수직적으로는 정교하게, 수평적으로는 넓게 확장해나갈 거다. 그 앞에 당신들이 있다고 믿으면서.

출발선은 모두 다르지만 앞서거니 뒤서거니, 떨어졌다 다시 따라 붙고, 어느 순간에는 앞서기도 하면서, 그렇게 같은 방향으로 함께 나아가고 있다고 나는 확신한다. 모두 결백할 필요는 없다. 다만 결백을 향해서 나아갈 뿐이다. 결백은 아마 천국쯤이 될 테고 천국은 충분히 꿈꿀 만한 곳이니까. 그러니까 나랑 딱 한 잔만 더해.

# 퐁당퐁당퐁당당,
# 이슬보다 진한 초록

"추락 역시 비행이다. 아래를 향한 비행. 브레이크를 잡지 않겠다고 선언한 채 이루어지는 비행이다. 단박에 목을 꺾고 떨어지는 '자기 파괴'와는 달리 '공들여' 떨어지는 추락도 있다. 떨어지면서 날개가 그려 놓은 자취를 보라. 우리는 그것이 피가 아니지만 피보다 더 붉다는 것을 알고 있다."

박연준 시인이 쓴 산문집 《밤은 길고, 괴롭습니다》에서 이 구절을 발견하고 무릎을 탁! 쳤다. 나는 매일을 추락하며 살고 있지 않은가. 브레이크 따위는 잡지 않겠다고 선언하며 술잔의 바닥을 향해 아래로아래로 비행하는 술꾼. 자기 파괴가 아니다. '공들여' 취하는 술꾼도 있다. 취하면서 그려놓은 자취를 보라. 우리는 그것이 이슬이 아니지만 이슬보다 진한 초록이라는 것을 알고 있다.

술꾼인 나는 의외로(?) 술 마시지 않는 이를 존중한다. 술자리에서 술 강요하고 그런 건 대학교 졸업장에 묻고 와야지 모두가 함께 같은 속도로 마실 필요가 뭐 있나. 어차피 취하는 건 제각각인 것을. 각자 주량대로 기분 따라 마시면 될 일이다. 마시지 않는 자의 사이다잔과 나의 소주잔은 동등하고 공평하게 '짠'이 가능하다.

하필 술꾼으로 나고 길러져 세상에 못 볼 꼴 많이 보여주며, 취미라고는 술 먹고 노래방 가는 게 다인 나는 술 아닌 저녁 시간을 술 말고 다채롭게 보내는 이들 모두가 경이롭다. 술 말고 디저트를 함께 나누며 술 없이 2차, 3차 이야기꽃을 피우는 달콤한 인생이 부럽다. 알콜 1도 없이 노래방에서 미칠 줄 아는 이들의 챔피언적 텐션을 사랑한다. 술로 간, 위, 소장, 대장을 버려본 적이 없는 평화로운 내장 보유자들을 나는 존경한다.

단, 인간은 자기 경험 안에서만 사는 동물이니 다른 이들이 술 말고 어떻게 시간을 보내는지에 대해서는 환상처럼 짐작할 뿐. 그리하여 내가 할 수 있는 일은 평화롭고 달콤한 당신의 인생을 상상하며, 당신이 부지불식간에 맞닥뜨리는 술꾼에 대비해 어떤 안내서를 만들어주는 일이지 싶다. 술꾼 아닌 자들은 존중과 존경을 받아 마땅하고, 그들에게 술꾼도 가끔은 존중받기를 바라며 쓰는 이른바 술꾼사용설명서다.

첫째, 술꾼에게 주량을 묻지 마라. 주량은 신생아 걸음마 떼듯 갓 술 먹기 시작할 때 떼고 말았어야 할 질문이다. 한창 왕성하게 술을 시작했을 이십 대 초반. 과 선배든 동아리 선배든, 술 좀 받아먹는다 싶으면 여지없이 묻곤 했다. "너 주량이 얼마니?" 나는 두 병, 세 병, (네 병, 다

섯 병도) 답해봤으나 모두 만족스럽지 않았고 점점 "글쎄
요, 잘 모르겠는데요."라고 이야기했던 것 같다. 그러면
야유인지 탄성인지 뭔지 모를 말과 함께 "너 잘 마시는구
나? 여기 주당이 있었네!" 같은 섣부른 판단이 난무했다.
묻는 쪽이나 답하는 쪽이나 취기인지 치기인지 모를 대
화들.

술꾼에게 주량이란 갈대와 같은 거다. 취하기 시작하
는 게 주량이라 치자면, 한 잔만 먹어도 술기운 확 오를
때 있으니 나는 소주 한 잔이라 하겠다. 필름이 끊기기
시작하는 게 주량이라면, 어느 때는 소주 두 병에 만취
해 택시를 탄 것도 기억이 안 나다가, 또 언젠가는 둘이
서 여섯 병을 나눠 먹고도 말짱한 채 집으로 돌아간 적
있으니 그 또한 분명치 않다. 술꾼에게 주량이란 하나도
중요하지 않다. 미지의 세계. 정답이 없으니 풀 필요도
없는 문제. 그러니 술꾼을 만나 정 궁금한 게 없다면 이
거나 물어보라. "어떤 주종을 제일 좋아하세요?" 대개는
명확한 답을 얻을 수 있을 거다. 참고로 나는 소주 1위,

소맥 2위, 고량주 3위, 위스키 4위. (이봐, 이렇게 1, 2, 3, 4,
정확하잖아.)

둘째, 술꾼의 술 약속은 믿지 마라. 술꾼이 "오늘은 딱
1차만 하자." 정색하고 말했다면, 그건 본인도 믿기 힘든
거짓말이다. 1차만 하는 술꾼은 없다. 아무리 노력해도
술 평생에 걸쳐 '2차 안 가기' 다짐을 성공한 적이 다섯
손가락 안에 꼽힌다. 2차는 기본이요, 3차부터는 선택이
라고 생각하면 쉽다. 1, 2차는 그러니까 항공권&숙박권
묶인 에어텔 패키지처럼 봐줘야 한다. 어디 여행을 갔으
면 묵을 곳이 있어야지 노숙을 할 수는 없는 노릇. 1차
시작했으면 2차는 기본으로 적셔줘야 알콜 여행 좀 갔다
왔다 할 수 있는 거다.

셋째, 술꾼의 "오늘은 도저히 못 마신다."는 말을 믿지
마라. 술꾼들 사이에는 '술시'라는 말이 있다. 술 먹을 시
간, 보통 사람들이 밥 때 되면 배고프듯 술꾼의 술이 고
파지는 시간. 어제의 과음으로 오늘의 숙취를 견디고 있

는 자가 있다면, 그가 마침 술꾼이 아니라 자의 반 타의 반 이끌려 갔다 우연히 술을 들이켠 사람이라면, 그는 익숙지 않은 숙취에 종일을 괴로워하다 곧 죽을 것 같은 얼굴로 귀가를 서두를 것이다. 그러나 그가 술꾼이라면 얘기가 달라진다.

오늘의 숙취는 어제의 숙취 극복기를 발판 삼아 오후 네 시가량을 넘어서면서 조금씩 회복되는 듯싶고, 퇴근 시간 여섯 시 즈음이 되면 왠지 다시 술을 마실 수도 있을 것만 같다. 술꾼들도 안다. 이게 진짜 괜찮아서 괜찮은 게 아니라, 괜찮다고 스스로 '해석'한 거라는 걸. 기꺼이 착각하며 술시를 맞이하는 술꾼. 결국 소맥 한 잔 말아 넘기며 말한다. "이게 또 넣으니까 들어간다?" (니가 넣었다, 그거.)

마지막으로 술꾼에게는 나름의 건강관리법(?)이 있다. 술꾼으로서 내 지론은 '건강은 건강할 때 해치자는 것.' 언제든 해칠 수 있을 만큼 괜찮은 건강 상태를 만들기 위해

지키는 루틴이 있다. 이는 주변 2030 술꾼부터 5060 술 꾼까지 세대를 초월해 취재(?)한 꽤 신빙성(?) 있는 결과 이니 믿어도 좋다. (아니, 믿거나 말거나.) 우선 챙겨 먹는 약이 최소 여섯 개 이상이다. 술 하나로 위를 피투성으로 만들어본 자로서 위에 좋다는 카베진을, 면역력은 상시 챙겨야지 프로폴리스를, 간 보호 나라 보호 우루사와 밤이 되면 살아나는 술꾼에게 부족한 햇빛 대신 비타민 D를, 좋은 지방 보충하려 오메가3와 어디까지 살아갈진 모르겠는 유산균 살리려 프로바이오틱스까지. 여섯 가지 알약을 아침저녁으로 우수수~ 입 속으로 털어 넣는다. 동시에 생각한다. 오늘도 잘 마실 수 있겠지, 앗싸.

술로 해친 장기를 약으로 보존해가며 나는 오늘도 퐁당퐁당퐁당당제를 지향(?)한다. 그러니까 술 먹고 퐁, 술 안 먹고 당, 하루 걸러 하루 술 먹고, 주말에는 쉬는 루틴. 이럴 수만 있으면 정말이지 나는 일흔, 아니 눈감는 그날까지 먹을 수 있을 것만 같은데 그게 그렇게 지키기가 어렵다.

술꾼으로 성장해 성숙한 술꾼이 되기 위해 오늘도 간을 실험한다. 아직 해칠(?) 건강이 있어 참으로 다행이라 여기며. 따악 한 잔만 더 하고 가자, 응?

# 삼십 대가 되고 보니
# 생각보다 좋았습니다

다시 봐도 참 가관이지 싶다. 2011년, 우리 나이로 딱 서른이 되던 해. 해가 바뀌는 앞뒤 몇 달치의 내 SNS를 보면 세상 종말도 이런 종말이 없다. 서른 되면 인생 끝날 것만 같았던, 이십 대의 치기로 가졌던 '서른끝장설'이 넘실댄다. 대체 뭘 그렇게까지 그랬나, 싶게 그랬다.

나의 서른끝장설은 그냥 서른 말고, '여자 나이' 서른이라는 발상에서 왔던 것 같다. 대체 '여자 나이'란 무엇이며, 그 와중에 '여자 나이 서른'이란 또 무엇인가. 그도 그럴 것이 이런 말들이 아무렇지 않게 오가던 때였다. "여자 나이 크리스마스 케이크지. 스물넷이 제일 비싸고, 스물다섯도 좋지. 근데 스물여섯 넘어가잖아? 그때부터는 쓸모가 없어진다고."

언피씨함의 극치인 이런 발상을 그때의 나는 은연중에 흡수했던 것 같다. 여자 나이 서른은 이미 버린 나이, 여자 이십 대의 종말은 생의 종말이나 마찬가지라고. 서른이 되면 여자의 청춘은 영영 뒤안길로 떠나가버리는 줄로만 알았다. 마흔을 목전에 둔 지금은 그때 나의 한탄이 죄다 틀렸다는 걸 안다.

뒤안길인 줄말 알았던 서른은 외려 창창했다. 나의 삼십 대는 이십 대보다 백 배는 더 흥미진진했고, 비로소 다채로웠다. 오롯이 내 선택으로 요구되는 일이 많았고, 내 힘과 의지로 발현될 수 있는 것들이 몇 배로 늘었다. 그만큼 책임감이나 좌절감도 내 몫으로 많이 돌아왔다. 하루하루 실패와 절망을 쌓아갔지만, 낮은 확률로 오는 성공의 짜릿함도 알게 됐다. 같은 강도로 흔들려도 이십 대 때는 주저앉았다 삼십 대에서야 일어나기도 한다는 걸 머리가 아니라, 경험으로 알았다. 무엇보다 여자임에 좌절했지만, 이제는 여자라서 헤쳐갈 수 있다고 믿는 사람이 되었다. 물론 뒤에 오시는 여성들은 애초에 감내하지 않을 일이기를 온 마음 다해 바라고 또 바란다.

창피하고 부끄럽고 후회스럽고 지루해도, 그 시간을 지나왔어야 지금의 내가 있다는 걸 알기에 그 어떤 순간도 들어내고 싶지는 않다. (아, 몇몇 쪽팔린 술주정은 솔직히 좀 지우자, 레드썬!) 삼십 대의 좌충우돌은 이십 대의 과거를 발목 잡기보다 삼십 대 이후의 미래를 더 기대하는 방향으로 날 이끌었다. 나는 이제 진심을 담아 이렇게 말할 줄 알게 됐다. "여자 나이 사십부터지!"

삼십 대가 되고, 한 살 한 살 먹으면서 나를 가장 편안하게 했던 건 돈이었다. 이것저것 크게 재지 않고 일주일에 일곱 번 술 먹을 만큼은 된다는 자신감. 엄빠의 재정 능력에 따라 크게 좌우되던 이십 대를 지나, 월급 따박따박 나오는 직장인으로서 너와 나의 경제력 차이는 그리 크지 않았다. 1차 내가 사면, 2차 네가 사고, 3차 다시 내가 사니, 그럼 네가 "4차 가자!" 외칠 수 있는 이 공평무사한 돈 씀씀이. 나는 서른 중후반으로 갈수록 이런 우리가 꽤 마음에 들었다.

적금, 펀드, 주식, 계 등등 돈 불리기에는 영 문외한이니 애초부터 내 통장은 일품진로 병처럼 투명했다. 오늘 벌어 오늘 술 먹을 수 있음에 충분히 충만한, 이게 스스로 어찌나 어른 같던지. 지금도 아무리 인사불성 술 취해도 술값은 꼭 계산하고 튀는 내가 그렇게 대견할 수 없다. 그러고도 나 길바닥에 나앉지는 않는구나, 매번 기특하다.

삼십 대로 접어들면서 연애에 온통 휘말리지 않게 된 것도 반가웠다. 연애가 사람을 얼마나 충만하게 하는지 아는 것과 동시에 연애로 송두리째 뒤흔들려본 적도, 또 빠져나온 경험도 쌓은 시기. 삼십 대를 넘어가며 연애에 목매지 않고도 즐거울 수 있는 여러 가지를 안전망처럼 배치했다. 가까이에 포진한 술친구, 미우나 고우나 술 한 잔 사달라면 두말없이 나오는 선배, 혼술하기 좋은 장소, 혼자 제왕처럼 즐길 수 있는 배달 한 끼, 혼자 봐야 실로 제 맛인 영화관 리스트, 종일 죽치고 앉아 읽고 끄적이는 서점 구석 자리⋯ 모두 서른 이후 찾아낸 연애의 훌륭한 대체재, 무궁무진한 즐길 거리다.

사람이 소중한 걸 알아가는 만큼이나 사람에 기대하는 바가 줄었다. 그래서 상처 받는 일도 아니, 상처 받아도 꽤 잘 빠져나올 줄 알게 되었다. 관계 속에서 울며불며 보네마네 힘들어할 때, 이제는 그게 나의 잘못된 기대에서 비롯된 어긋난 관계였다는 것을 안다. 누가 함부로 기대하랬나, 실망만 커지는 것을. 나는 이제 사람이 변하면서도 변하지 않는다는 모순을 긍정한다.

안 보면 멀어질 것 같아 불안했던 인연에도 크게 연연

하지 않는다. 이제 내가 아끼고 나를 아껴주는 아주 소수의 사람들만 곁에 있으면 된다. 지인이니, 인맥이니 내 주변에 사람이 얼마나 많은가 같은 단순한 숫자로 나를 채울 수 없다는 걸 안다. 나를 피곤하게 만드는 모임과 술자리도 대폭 줄여갔다. 싫은 사람에게 내 시간을 쏟을 필요가 비로소 없음을, 그렇게 나를 낭비하지 않아도 된다고 스스로를 설득할 수 있게 되었다.

이제는 사십 대의 여자들이 보이기 시작한다. 이십 대를 거쳐, 삼십 대를 통틀어 힘겹게 깨달은 것들을 여유롭게 내면화한, 내가 만난 사십 대 여자들은 성공한 기업가든 타고난 금수저든 건물주느님이든 상관없이 그 어떤 권력자보다 독야청청 존재로써 아름다웠다. 실로 멋이 흘러 넘쳤다. 사십 대의 한 해 한 해는 또 얼마나 다채롭게 멋질 것인가. '삼십대끝장설'로 좌절하던 내가 어느새 '사십대예찬론'으로 희망차다. 여자는 이렇게 성장한다.

자정. 오랜만에 만난 사십 대 언니들은 술도 화끈하게 잘 마신다. '한 잔 더하자고 매달리는 삼십 대는 좀 애 같으려나? 언니들이 싫어하겠지…?' 의기소침해 우물쭈물하는 내게 언니들이 먼저 외친다. "지나간 오늘은 영원히 돌아오지 않는다? 우리 한 잔 더하자!" 아, 언니들은 진정 나의 미래다. 나는 이토록 멋진 언니들과 따악! 한 잔만 더 하러 간다.

# 알 게 뭐야,
# 걸스 비 앰비셔스!

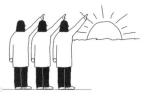

"알 게 뭐야?"

내가 툭하면 버릇처럼 내뱉는 말이다. 짜증이 끓어오르는 순간에도, 기쁨이 넘쳐나는 순간에도, 나를 걱정하는 가족 친지 친구 지인들에게, 또 어디선가 나를 화나게 하는, 난 아는데 나를 알 리 없을 많은 이들에게 나는 구별 없이 외친다. "알 게 뭐야?"

'신경 쓸 게 뭐 있나? 그냥 쪼대로(?) 가자!' 또는 '너

무 좋은데 날뛰면 어떠냐? 더 날뛰자!'도 된다. '걱정 그
만해라, 나는 내 갈 길 간다'는 뜻도 '대체 날 얼마나 잘
아는데?'라고 되묻는 것에서 '넌 네 몫이나 제대로 해라'
까지. 다양해 마지않는 의미를 담고 있다. 마치 독실한
신자가 말끝마다 붙이는 '아멘'처럼 튀어나오는 말.

이쯤 되면 무신론자인 나에게 어떤 신념을 담은 말이
라고 볼 수도 있겠다. 복잡 다양한 의미를 담아 다채로운
상황에 쓰면서도 한 줄기 관통하는 정서가 있으니, 결국
'내 갈 길은 내 뜻대로 간다'는 다짐이겠다. 대체 알 게
뭐란 말인가? 내 인생 내가 산다는데?

사람이 겸손해야 한다고 배우며 자랐다. 나아가 나대
지 말라고, 목소리 낮추라고, 참고 또 참으면 복(대개 남
편 복)이 온다고. 여자의 몫으로 특히 더 숱하게 들어왔
다. 영화 〈82년생 김지영〉에서 지영의 엄마는 오죽하면
이렇게 외쳤다. "여자가 나대면 왜 안 돼? 지영아, 나대.
더 나대, 실컷 나대!"

내 힘으로 들어간 직장에서도 상황은 비슷했다. '내가 잘했다'고 소리 높이는 남자는 말단 사원부터 임원까지 수두룩 박박인데, '저야 그냥 도운 거죠'라며 겸손한 쪽은 태반이 여자였다. 팀원은 물론이요, 몇 안 되는 여자 상사들까지 그랬다. 그러나 직장생활 10년 넘은 경험치를 바탕으로 나는 이에 반대하겠다. 남모르게 소처럼 일하다 보면? 진짜 아무도 모르더라. 말 안 해도 언젠간 다 알아준다고? 천만에. 꼭꼭 숨으면 머리카락 한 올 안 보이는 법이다.

개인이 조직에서 온전한 성취를 인정받는 건 남녀노소 모두에게 어려운 일이다. 그 와중에 범세계적으로 '소년이여, 야망을 가져라!'라는 응원을 받은 우리의 소년들은 언제 어디에서나 잘도 성취를 찾아내는 야망남으로 자라나 사회 곳곳에 다채롭게 포진돼 있다. 근데 여자는? 모 아니면 도다. 숨어 있는 조력자로 근근이 버티거나 소위 '독해서' 살아남거나. 그마저도 '동일노동 저임금'의 기울어진 운동장에서 그렇게.

직장 바깥은 좀 나을까.《우리 가족은 꽤나 진지합니다》라는 책을 낸 배우, 사진작가인 하시시박과 결혼해 두 아이를 키우고 있는 봉태규의 증언(!)을 들어보자. "나는 유모차만 끌고 나가도 여기저기에서 칭찬을 받는다. 여자가 당연히 해낼 것으로 요구받는 육아와 가사 일에 숟가락만 겨우 얹은 나에게도 과한 칭찬 쏟아지는데, 아내는 이 모든 걸 다 잘해내고도 허덕이는 게 현실이다."

잘 '도와주는' 남편은 자주 박수 받는다. 그동안 아내는 일과 가정 두 마리 토끼를 야무지게 잡는 게 디폴트, 늘 기본값에도 못 미치는 '부족한 엄마'라는 자괴감을 장착한다. 여자에게 성취란 이토록 드물게 책정된다. 여자로 살기 참 빡세다. 아, 여기서 "이 시대의 가장이 얼마나 힘든지 아냐?"고 되묻는 이 시대의 남자 가장들을 물론 존중한다. 다만 한마디만 덧붙이겠다. 나는 당신의(그 힘들다는 남자 가장의) 삶과 기꺼이 바꿔 살 용의가 있다.

경험은 하나둘셋넷으로 셀 수 없고 비교란 불가능하다. 같은 경험도 개인에게는 각기 다른 무게일 테니 그걸 저울로 잴 수도, 숫자로 표현할 수도 없다. 결국 우물 안 개인이 그나마 다른 수많은 우물과 함께 살아가려면, 내 우물 밖 세계를 자꾸만 '상상'하는 경험을 해야 한다고 믿는다. 가장의 무게감에 대해서도 마찬가지다. 얼마나 무거운지는 잴 수 없고, 다만 우리가 '상상력'을 키우는 중이라면 다시 해야 할 질문은 이것이다.

"가장이란 무엇인가?"

여자로 살기 빡세다는 것은 이 시대의 가장으로 사는 게 얼마나 어려운지와 겨룰 필요가 없다. 나의 성공에 대해 지나치게 겸손할 필요가 없듯 안 힘든 척할 필요도 없다. 주변이 나를 어떤 여자로 볼까? 더 욕망해도 되나? 더 표현해도 될까? 외부의 시선으로 나를 평가하는 이중 잣대도 좀 버리자. 여자로 산다는 것은 누구에게 증명해 내야 할 명제가 아니다. 장애를 가진 사람, 성소수자, 그 어떤 다른 소수자들이라도 존재를 증명하라고 종용당해서는 안 되는 것처럼. 존재는 그저 존재로 존재할 뿐 월드컵 토너먼트도, 올림픽 금은동도 아니다.

더 많은 여자가 자기 목소리로 자기 삶의 다채로움을 이야기하면 좋겠다. 아무 말이나 좀 해버렸으면 좋겠다. 과연 가치 있는 이야기일까? 이런 고민도 좀 치웠으면 좋겠다. 그러기에는 이미 너무 많은 남성의 별의별 이야기를 당연하게 보고 자랐다. 나에게만 가치 있는 일로서라도 이런 여자, 저런 여자, 그런 여자, 그러지 않은 여자, 맘껏 좀 떠들었으면 좋겠다. 대체 알 게 뭐란 말인가? 나는 더 많은 여자의 이야기가 궁금하다.

맘껏 떠드는 우리끼리 손잡고 함께 떠들며 더 멀리 더 넓게 나아가면 좋겠다. 나는 그저 여성인 당신과 손잡고 싶다. 더 많은 이들이 일상을 존중받기 바라며 여성 아닌 당신에게도 손 내밀고 싶다. 여성이 아닌 당신도, 따라서 모두가 여성이 될 수 있다고 믿는다.

그런 세상이 이제 눈앞에 있다. 아니, 실은 애초부터 있었는데 발견하지 못했고 발견이 느렸다. 지금까지 잘 찾아왔고 이제 보이는 대로 나아가면 된다. 아직 안 보이면 더듬더듬 또 따라가면 된다. 같이 한 잔 하면서. 사이다든, 콜라든, 소주든, 폭탄주든. 알 게 뭐야? 걸스, 비 앰비셔스!

# 내일은 모르겠다,
# 오늘만 산다

강력한 변명거리가 생겼다는 예감이 든다. 나를 걱정, 평가, 비난하는 어떤 질문에도 대응할 만한 단 하나의 문장을 얻은 기분. "왜 그렇게 사니?" "무슨 생각으로 그러는 거야?" "앞으로 어쩌려고 그래?" 등등에 대해 일축하는 한마디. "괜찮아, 나는 오늘만 사는 여자니까."

책을 쓰는 동안 적잖은 변화가 있었다. 뜻밖의 이직을 했다. 전혀 다른 필드에서 한편으로는 비슷한 일을, 또 한편으로는 완전히 낯선 장면을 맞닥뜨리고 있다. 쓸 때는 몰랐던 감정들이 마지막 에필로그를 쓰는 와중 우다다 다른 표정을 하고 밀려온다. 결국에는 부끄러움으로 귀결되고야 마는 갖가지 감정들.

내게 글을 쓰는 행위는 시간을 붙잡는 일이다. 누구에게나 공평하게 흘러가는 시간이지만, 그걸 곱씹어 기억하고 해석하고 의미를 부여하는 것은 시간을 붙잡는 사람에게 찾아오는 특권이라고 생각한다. 그게 내게는 글을 쓰는 에너지다. 지난 반년가량 글을 썼다. 적게 보면 최근의 2~3년간 일었던 내 안팎의 것들부터 많게는 10여 년의 사회생활, 더 넓게는 삼십 대의 끝자락까지 살아온 내가 어쩔 수 없이 담겼을 것이다.

하루하루 모든 일들을 옳게 해석하고 좋은 의미로 남길 수 있기를 바라지만, 그럴 리 없는 인간이라는 것이 자명하다. 이거 내 얘기 아냐? 할 사람들이 몇몇 있을 거다. 전적으로 내 식대로 해석했고 내 멋대로 재단했다. 실명을 밝히지 않았으니 조금은 너그러이 양해해주기를 바랄 뿐이다. (변명과 반성도 같이 좀 해보자.)

글을 내어놓는 가장 자신 없는 행위가 나의 업이 되었고, 기필코 끌고 갈 강력한 정체성이 되었다. 고로 내 삶은 업에 대한 의심과 부끄러움으로 점철될 것이 분명해 보인다. 그럼에도 나는 이 행위를 사랑한다. 사랑하는 마음과 그만큼을 따라가지 못하는 몸의 모순을 메우느라 나는 매일 술을 먹고, 또 일어나 일을 하고, 다시 글을 쓴다. 한 가지 바람은 내게 마땅한 공간이 주어질 때까지 계속 쓰고 싶다는 것.

책을 기어코 낸다는 것은 부끄러움과의 싸움에서 이길 리 없는 자가 그 부끄러움을 감내해야 하는 일을 부러 만들어 더욱 부끄러워지는 일이 아닐까 생각한다. 무겁고 무섭지만, 부끄럽게도 이 책을 당신에게 바친다. 내일의 나는 잘 모르겠고.

나는 오늘만 사는 여자니까.

# 오늘만 사는 여자

ⓒ 성영주 2020

**초판 1쇄 발행** 2020년 6월 15일

**지은이** 성영주
**펴낸이** 박성인

**기획편집** 김하나
**디자인** 데시그 이하나
**일러스트** 아방(ABANG)

**펴낸곳** 허들링북스
**출판등록** 2020년 3월 27일 제2020-000036호
**주소** 서울시 강서구 공항대로 219, 3층 309-1호(마곡동, 센테니아)
**전화** 02-2668-9692 **팩스** 02-2668-9693
**이메일** contents@huddlingbooks.com

ISBN 979-11-970301-0-9(03810)